学生前沿
学奇遇记”
系列

粉红小猪的神秘基因

[韩]郑在恩　著　[韩]尹有悧　绘　罗婷　译

中信出版集团 | 北京

科学家有话说

在生物工程的世界里，想象即现实

“想象力比知识更重要。”这是爱因斯坦的一句名言。

“人也能像鸟一样在空中飞翔。”莱特兄弟提出了这一猜想，最后发明了飞机。

现在我们提出了“人类能去月球旅行”“我们能从首尔瞬间移动到纽约”类似的猜想，并且正在以这些猜想为基础开发新技术。

与生物工程相关的想象更是数不胜数，比如像大象那么大的猪、吃了就能长高的香蕉、能吸收环境中有害物质的细菌、能进入人体清除癌细胞的机器人……一个让人震惊的未来世界在等着我们。

以后你们生活的世界会变成什么样呢？林肯有一句名言：“预测未来的最好办法就是把它创造出来。”是的，未来不是随随便便就到来的，而是由大家一起打造的。无论是现在，还是你们长大成人后，你们在生活中见到的东西并不是整个世界的全部。你看不到的东西或是目前还未出现的东西将出现在世间的很多地方。

你们长大后想做什么呢？你们未来的职业不一定非得是目前已有的职业。你们可以把自己想做的、擅长做的事情当作未来的职业，而且你也有可能成为这个职业领域的开拓者。这些都能通过你们的想象变成现实。

小时候读过的书一辈子都不会忘记。希望这本书能帮助你们在生物工程领域尽情发挥想象，也希望这本书能成为你们创造未来的起点。

朴泰贤

韩国化学工程学博士

故事大王有话说

生物工程旨在打造幸福的明天

你们觉得什么时候最幸福呢？开开心心玩耍的时候？吃到好吃的东西的时候？听到自己喜欢的歌的时候？出去旅游的时候？和家人或朋友待在一起的时候？是的，对我们来说，和自己喜爱的人一起过上幸福的生活就是最大的幸福。

为了得到幸福，最重要的一点就是要保持身体健康。常言道，没有健康就什么都没了。虽然是老生常谈，可这句老话就是真理。

这也是为什么在众多科学领域中，生物工程会如此独放异彩。从很久以前开始，人们就为了长生不老开始研究生命的奥秘。基于研究所取得的结果，人们发明了许多能够延长寿命的技术，让生命的每一天都过得更健康，更有意义。所以未来可能会有下面这种对话。

“您想治好癌症吗？只要吃一粒这个药就能痊愈。”

“想成为天才吗？只要吃一颗这个药，想多有才就多有才。”

“想要一个和自己一模一样的人吗？我马上给您克隆一个出来。”

不过，要克隆一个人是很难的。如果有人复制你的基因，克隆出一个和你一模一样的人，那你肯定会非常惊慌。因此，科学家们承诺，无论生物工程技术如何发达，绝对不会克隆人。也就是说，他们不会开展威胁人类尊严的不正确的研究，因为人类的尊严比科学技术更重要。

未来，如果你们成了生物工程学家，肯定会开发出现在无法想象的技术。你们是未来的主人公，希望你们不仅要考虑到人类的尊严，更要考虑到所有生命的尊严，为了所有生物的幸福，推动生物工程领域向前发展。

郑在恩

目录

第 1 章

家庭新成员——粉红小猪

“有一种东西生活在人体内，可就算是人死了它也还能存在，这个东西是什么呢？”

听到罗宾老师的这个问题，小知满脸疑惑地歪着头。刚刚老师还说一个生命出生后会长大成人，之后会留下子孙离开人世。怎么突然又问起了什么东西能在人死后存活下来呢！难道是有科学家发明了能让这种东西长生不老的药吗？

其他同学也和小知一样满脸疑惑，没有人举手回答问题。

“答案就是基因！我们的基因先是待在我们自己的身体里，然后会传递给我们的下一代，再由他们传递给他们的下一代。所以只要人类不灭绝，基因就会一直存在下去。”

罗宾老师话音刚落，施宇就举手了。“老师，如果要把基因传递给下一代的话，得先结婚对吧？”

小知知道，施宇喜欢逗大家笑，所以他觉得施宇只会

说些奇奇怪怪的话。心急的小知偷瞄了下墙上的钟。

“不一定要结婚啊，你为什么这么问呢？”

无论是多不着调的话，罗宾老师都会认真倾听。也正因为这样，生物工程课也成了科学馆里人气最高的一门课。换作平时，小知也会非常期待施宇会说些什么，可是今天他只想快点回家。从施宇的表情可以看出，他一定在打什么小算盘。小知皱着眉头，瞪了他一眼。

“如果要结婚的话得先谈恋爱吧，给我们讲讲您的初恋吧。”

教室里响起了同学们哈哈哈的笑声。小知却撇着嘴。不知道他们为什么一听到“爱情”“恋爱”这种字眼就会竖起耳朵认真听，在街上遇到路过的情侣，也会很幼稚地取笑人家。照施宇的意思，恋爱只是基因为了把自己的特征遗传给后代而采用的一种非常幼稚的战略。

“我的初恋啊……那可就有的说了，你们没事吗？要讲很长时间的哟。”

“可以！”除了小知之外的11名同学同时大喊道。

完了，看来今天没法早点回家了！

“我的初恋对象基因真的很完美。她长得又漂亮，性格又好，而且心地善良，平易近人。我是在高一的时候第一次遇到她的。

“那时我还是个满脸青春痘的高中生。有一天，我在药店撞到了一个女生。这一撞把她手里的一箱饮料给碰掉了，里面的玻璃饮料瓶掉在地上，碎了一地。满地都是瓶子的碎片和饮料。我那时候觉得很抱歉，都没勇气抬头看她。我的钱又都用来买药了，没钱给她重新买饮料。可是她却用天使般的声音跟我说：‘没事吧？没受伤吧？’

“我抬起头一看，一个长得超级漂亮的女生正满脸担忧地看着我。”

“哇！一见钟情啊！”

施宇拍打着桌子，同学们也哈哈哈地大笑起来。小知也没忍住笑了出来。罗宾老师沉浸在过去的回忆里，眼神也变得有点蒙眬了。今天，罗宾老师的头发看起来是棕色的，就像外国人一样。是因为曾经在国外生活过很长一段时间，所以发色也变得跟外国人的一样了吗？

“当然啦。后来我为了能再次遇到那个女生，每天都跑到那个药店附近闲晃。两天后，那个女生过来买了一箱饮料。又过了两天，那个女生又来买饮料了。她知道我

一直在等她，她也是为了见我才经常来药店的。后来，我鼓起勇气去跟她搭话。我拿了一瓶她喜欢的饮料跟她说：‘这个给你，之前真的很抱歉。’我一说完，她就微笑着抓住了我的手……”

“所以你们结婚了吗？”这时，比施宇还心急的另一个同学提问了。

小知摇了摇头。罗宾老师在小知家附近开了一家药店，他一直都是单身，这一点小知很了解。

“没有，我们没有结婚。”罗宾老师默默回答道。

这时，施宇又问了一嘴：“那你们分手了吗？”

“呃……不说了不说了，很晚了，你们该回家了。”

罗宾老师说着赶紧提着包走出了教室。紧接着，小知也飞快地跑出了教室。他得赶紧回家迎接新成员。

三年前妈妈去世后，小知一直和爸爸相依为命。

虽说两个人一起住也挺好的，不过偶尔还是会觉得无聊。小知一直想着，要是能养一只狗，或是一只猫，或是一只鹦鹉，又或是一只乌龟就好了。实在不行的话，养只天牛也可以啊。可是爸爸不想让任何其他生物进这个家门。

“小知，爸爸只要有你就够了。”爸爸用轻如茸毛的语气温柔地对小知说。可小知听着就像是在说，“小知，爸爸光照顾你一个人就很累了”。

小知觉得有些委屈。

“哼，我又不是什么病人……”

小知说的病人是指会经常晕倒，不能吃饭，只能喝粥，一年要住三四次院，嘴唇总是很苍白很干，去哪儿只能坐轮椅，呼吸急促仿佛马上要断气的真正的患者。可是小知能自己走路去上学，而且科学和数学成绩总是班里第一，一年只去几次医院。他只是个普普通通的小学生，一个参加铁人三项比赛会觉得心脏仿佛要跳出来的小学生。不过，他没有参加过铁人三项比赛。

和其他小学生不同的是，小知有幸当选为科学英才，能去科学馆上课。还有就是他一出生就有先天性心脏病，11 年来一共做了三次心脏瓣膜手术，而且不知道以后还要做多少次手术。现在，很少有小孩一出生就罹患先天性心脏病，这也让小知变得与众不同。

自从有了“定制婴儿”技术后，只要配合医生就能生一个“完美无瑕”的健康宝宝。定制婴儿采用试管受孕的方式，把精子和卵子取出来后，在妈妈体外进行人工授精。在将受精卵转移到妈妈肚子里之前，需要先做基因检测。如果检测到了会引发重大疾病的基因，则淘汰掉含有相应基因的受精卵，只将“完美”的受精卵转移到妈妈体内发育。通过这种方式生下的宝宝，不仅不会有遗传性疾病，长大后也几乎不会酗酒或患糖尿病，可以称得上是一个完美的健康人类，也不会因为罹患先天性心脏病而承受巨大的痛苦。

小知是自然受孕生下的孩子，不是定制婴儿。不过，如果真的想生下一个“完美的”健康宝宝，也可以在自然受孕后做基因检测，针对有问题的基因进行治疗。尽管这一方法的费用昂贵，但有些非常担心的父母还是会选择用这种方法生下一个健康的宝宝。

不过，小知妈妈却什么都没做，自然地生下了小知。

妈妈还在世的时候，小知曾经这样问过她：“妈妈，你生的小孩有先天性疾病，你会不会觉得很伤心？会不会想爸爸是个生物工程学家，可你却生了一个不完美的小孩？你不后悔吗？”

妈妈一把抱过小知，回答他说：“小知啊，每个孩子都是特别的。无论是通过哪种方法出生的，每个人都是最珍贵的存在。这与健康与否没有关系。我就想自然地和你相遇，就像是命中注定的那样。对我来说，你是最珍贵的宝贝。我一点儿都不后悔，我就喜欢现在的你，我希望你也能这么想。”

小知告诉妈妈，他也是这么想的。不过没有人知道他心里的真实想法。他也不知道爸爸是怎么想的。作为一个生物工程学家，小知爸爸以前的主要研究对象是能同时预防多种流感的疫苗。可是在小知出生后，爸爸的研究对象就变成了人工心脏。小知觉得爸爸是因为自己才改变研究方向的，所以他觉得很难过。

为什么偏偏小知的心脏就这么奇怪呢？一般来说，就算是先天性心脏病也只要每十年做一次瓣膜手术就行。可小知却每过三年就要做一次手术，真的很奇怪。按照这种节奏，如果小知要活到 100 岁的话，那他就得做 30 次瓣

积木方块

膜手术。第一次想到这个问题的时候，小知吓了一跳。

“你不用太担心，到时候接受心脏移植就好了。”爸爸安慰他说，可他却开始使起了性子。

“你知道要找到一个适合我的心脏概率有多低吗？那几乎是不可能的事啊。”

“现在看来的确如此。不过，过几年这个概率就会变成 100% 了。生物工程学家们正在利用 3D 生物打印技术来打造人工器官，马上就会开始临床试验。而且，现在机器人工程学家、医生，还有生物工程学家，正在携手研究智能器官，应该也会在几年后公布。我们研究所也正在通过改造动物的遗传物质，打造一种移植到人体也不会发生排斥反应的动物器官。已经开始临床试验了，应该不用多久就能投入使用。所以你不用担心，爸爸会帮你的。”

爸爸脸上充满了希望。从那天开始，小知就一直渴望得到一个既坚实又强壮的心脏。每次一想到会拥有新的心脏，小知的心就扑通扑通跳得更厉害了。

今天，小知的心又开始

扑通扑通跳个不停。因为今天家里会来一个新成员。爸爸说这个新成员是他们研究所里养的一只非常重要的动物。由于研究所里起了一场原因不明的大火，所以要把它寄养在小知家一阵子。

“小知，只能养一阵子哟，它不能在家里久留的。等研究所大楼整修好了，我会把它带走的。”

爸爸强调了好几次，小知也拉钩答应了爸爸。不过，他心里却不是这么想的。只要进了这个家门就是家人，他可不想再把它送回去。不管用什么方法都要把它留下来一起生活。

“小知，我回来啦。”

嗯！小知激动到无法呼吸，他用手掌压住扑通扑通狂跳的心脏，往玄关处跑去，只见爸爸提着一个便携式宠物包站在门口。

“只能养一阵子哟，记住了吗？真的只能养一阵子，之后可不许反悔呀。”

小知用力点了点头，爸爸又唠叨起来：“不能让它受伤，不能弄疼它，不能带它出去，不能随便喂它东西，不能让它碰到别的人和动物。只能给它吃我带回来的有机饲料，而且要定量。唉，也不知道该不该带回来养……”

小知一下打断了爸爸的话：“反正你都带回来了，快给我看看吧！”

爸爸连叹了好几次气，终于放下了宠物包。小知也深吸了一口气。他在想：“不管等下有什么东西从宠物包里跑出来，我都不会被吓到。无论是小猫、小狗、鳄鱼、刺猬，还是一身臭味的小浣熊，我都会喜欢它的。因为家人就是家人，不是我能选择的。”

小知咽了咽口水。

爸爸打开宠物包，从里面跑出来一只粉色小猪。它的粉是淡淡的草莓牛奶的颜色。它边跑边晃动着粉红色的耳朵。它的腿短短的，胸口和肚子微微鼓起。它的眼睛小小的，可睫毛却长长的，朝天鼻上还有几条可爱的纹路。

小知一下子就喜欢上了这只小猪。来到新家，小猪好像有点儿惊慌，

它环顾着四周，开始在客厅里跑了起来。

“哇，小猪跑得好快啊……”

小知话音还没落，小猪就滑倒了，四脚撑开，肚子着地。小知边笑边抱起了小猪。它肉墩墩的屁股可真暖和啊。

“小粉！爸爸，我们叫它小粉吧。”

“还取什么名字啊，反正它也不会一直待在这里。”

爸爸边嘟囔边开始收拾起小粉的行李，这个行李的量对于一只只在家里待一阵子的小猪来说好像有点儿多。小知举起小粉，仔细打量着它全身每个部位。

“爸爸，你看小粉屁股上的胎记，跟我的一样，也是冰激凌形状的呢。”

小知屁股上也有一个冰激凌形状的棕色胎记。

“很多猪身上都有这种胎记的。”

“不止这个，你看它眼睛是不是也跟我很像，都是小眼睛。腿也很短，嘿嘿，好像真是我弟弟一样。”

以前小知一直不喜欢自己的小眼睛和小短腿，这次他第一次因为这两个缺点感到开心。爸爸无奈地叹了口气。这天晚上，小知是和小粉一起睡的。这一觉睡得很舒服，小知很久没这么舒服地睡过了。

什么是生物工程？

生物工程研究什么？

让我想想……我们先回答一下这个问题吧：人类和大象、鱼、树木、霉菌、细菌之间有什么相同点呢？他们虽然大小不一，形状不同，颜色和味道也不一样，但是他们都会出生，成长，繁衍后代，通过进食获得能量，将体内的废物排泄到体外。在周围环境发生变化时努力适应，逐步进化。可以说，他们都是鲜活的生命体。

在研究生命体的学科中，生命科学和生物工程是最具代表性的两个学科。生命科学主要研究生命体固有的特征。生物工程则会以生命科学的研究发现的原理为基础，开发出对人类有帮助的科学技术。从治疗药剂到疫苗，从耐虫灾的农作物到可再生能源，生物工程的世界是博大精深的。

生物工程和基因工程是不同的概念吗？

基因工程属于生物工程，也是一种科学技术，它通过研究遗传现象和基因为人类提供所需的物质和服务。

我们把孩子长得像父母这一现象称为“遗传”，身材高大、头发很卷、眼睛很大等都是受基因影响的。父母的基因遗传给子女后，子女就会长得像父母。

最先发现基因遗传现象并对基因进行科学研究的是奥地利的修道士兼生物学家孟德尔。孟德尔以豌豆为对象进行了实验。他在地里种下豌豆，选取性状不同的豌豆作为亲本分别进行杂交。通过这一实验他发现，后代的基因一半来自父本，一半来自母本。

此后，基因研究取得了飞速发展：1952 年，科学家们通过实验证实 DNA 是遗传物质；1953 年，克里克和沃森发现了 DNA 的双螺旋结构；1973 年，科学家们首次实现了把 DNA 进行切割、拼接和重组的 DNA 重组技术；2003 年，可读取人类 DNA 的人类基因组计划的测序工作完成。在此基础上，生物工程技术越来越发达，相信未来还会取得更大的发展。

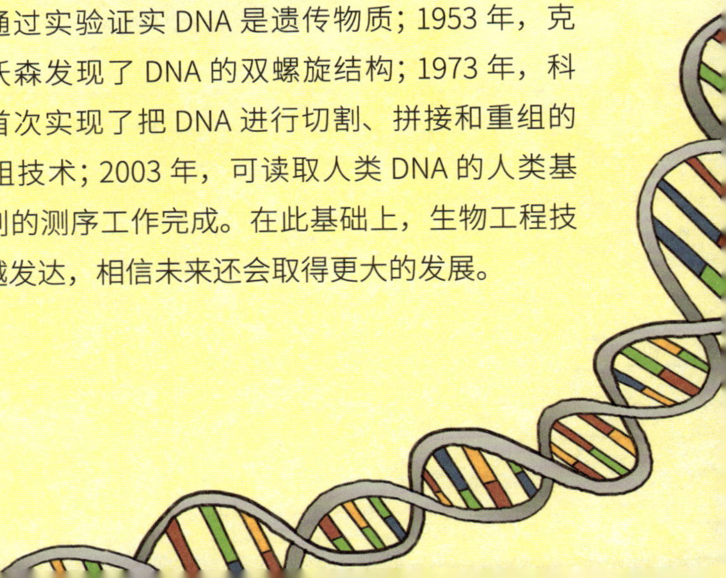

第2章 

三张奇怪的照片

为了熟悉新家周围的环境，荷娜边走边环顾着四周。每次她转头的时候，新染的粉色头发就随之摆动。这次新搬的公寓社区好像童话里的小村庄一样，里面的房子都很小巧玲珑。小区里有很多枝叶茂盛的大树，走进去仿佛置身在一个古老的花园里。荷娜轻嗅着树叶的清爽味道，迈着欢快的脚步走进了小区。这时她感觉到，后面有个人在跟着她。

“你是谁？干吗跟着我？”荷娜本想大声呵斥一声，可她又嫌麻烦，就放弃了这个打算。

因为之前也有很多男孩子被荷娜的美丽吸引，一直跟在她后面。这次这个人居然追到了荷娜住的公寓楼前。荷娜想着，不能让他再跟到楼里了。她头也不回地大声说道："我警告你，不要再跟过来了。"

"嗯，这个态度非常好。毕竟不能让不认识的人跟着自己进楼，否则的话会很危险。"

荷娜被这个回答吓了一跳，她转过头来一看，发现后面那个人是同班同学小知。不过，他看上去一脸稚气，不像是会跟踪女生的那种人。

"如果有冒犯到你的话，我跟你道歉。不过，你一直跟在我后面，如果我感到害怕的话，是可以报警把你当成跟踪狂抓走的。不过这次就算了。还有就是，我最讨厌那种一直跟在我身后的男生了。"

荷娜的这番话非常犀利。听她说完这些，小知的眼睛先是瞪得圆圆的，接着慢慢变成了两道缝儿。他笑眯眯地说道："很抱歉让你误会了。我也住在这里，我家在一楼。你看到一楼那个阳台花园了吗？那就是我家，正好在你家楼下。你是上周搬过来的吧？对了，你妈妈手腕好了吗？你们搬过来的那天晚上，我看到你在前面的罗宾药店里买了护腕和膏药。

“我跟罗宾老师挺熟的。不过新畅动维生素饮料是你买了自己喝的吗？喝了这个饮料会觉得神清气爽，不过那都是咖啡因的功劳。咖啡因能让大脑保持清醒。不过你知道吗？摄入过量的咖啡因会让人长不高……”

小知抬头看了看个头高大的荷娜，没有再说下去了。身高问题最好还是别说了，他想。荷娜像河马喷水一样，对小知嗤之以鼻。这是小知第一次理解为什么人们会说长得漂亮的人就算跟河马一样喷水也一样是好看的。想到这，小知不由得脸红了。

“喂，你是不是在背后调查我了？你怎么知道我妈妈受伤了？你不会真的是跟踪狂吧？”

小知往后退了一步。“不是，我只是观察能力比较强，好奇心旺盛，记忆力比较好而已。我看到你出来买护腕和膏药，跟你一起住的只有你妈妈，所以我就推理出是她受伤了。装护腕的塑料袋上印着‘罗宾药店’四个字，所以我知道你是去罗宾药店买的东西。就算没注意到塑料袋上的店名，这附近走路就能到的药店也只有他家了。”

小知原本是不想被误会才解释了这么多，可到最后却

有种为自己开脱的感觉。

“你以为你是侦探吗？在我身上玩什么推理游戏。别多管闲事了。我不管你是侦探还是跟踪狂，你不要再偷偷盯着我了。要是被我发现你拿着望远镜坐在你家阳台上偷看我的话，我不会放过你的。”

荷娜放着好好的电梯不坐，咚咚咚地爬楼梯上楼了。

“怎么偏偏楼下住的是同班的男生！还是个喜欢玩侦探游戏的跟踪狂！真是无语！”荷娜大声嚷嚷着，像是故意说给小知听的。

到了家门口，荷娜打开了玄关门。

啪！从门缝里掉下了一个粉红色的信封。跟普通的教会传单或是学校的宣传单不同，这个信封看上去很高级，信封上工整地写着：

我的小小知更鸟

“这是什么？”

荷娜打开信封一看，里面是一张她自己穿着粉色连衣裙的照片，背景是一个公园。

“我的照片怎么会在这里面？真奇怪。”

荷娜随手把照片扔到了客厅的桌子上，接着就跑到阳台上往楼下看。她想看看小知是不是在偷看自己。不过楼下阳台门紧闭着，没有一点儿声响。

第二天上学后，荷娜开始跟坐在后面的女生打听有关小知的事情。

“罗小知？他可是天才，是咱们学校最聪明的学生。据说他 IQ 是 180 还是 160 来着。不过，我知道他一个秘密，他爸爸是一个生物工程学家。据说他爸爸发明了一种吃了就能变聪明的药，小知从小就一直在吃这种聪明药，所以才变成了天才。你说如果我跟小知成为好朋友的话，他会不会分点聪明药给我啊？”

那个女生用手指卷着头发，偷偷看了一眼小知。

荷娜之前也看到过聪明药的相关报道，据说那是一种作用于大脑神经细胞的药，能提高记忆力和学习能力。最近还出现了一种基因疗法，可以通过改造与大脑神经相关的基因提高记忆力。专家以老鼠为实验对象来验证两种方法的效果，结果发现老鼠变得非常聪明，可以从复杂的迷宫中走出来。不过，聪明药与基因疗法的主要服务对象为阿尔茨海默病患者，目前也正在以这类患者为对象进行临床试验，就算完成了临床试验，也无法保证这种药适用于所有人。

“如果每个人都能买到聪明药的话，那全世界的学生都会抢着去买吧？到时候学校就要倒闭了。”

荷娜不由自主地笑了起来。如果真的吃到聪明药的话，那不用多久自己就能成为一个完美的人了。

因为荷娜长得漂亮，大家给她取了个绰号叫“完美基因”。

除了脸蛋儿长得漂亮，荷娜又高又瘦，身体很好，而且力气很大，还擅长很多运动。可以说所有的女孩都羡慕她，所有的男孩都喜欢她。

可是和优越的外貌相比，荷娜的头脑却并没有那么聪明。甚至因为她很健忘，妈妈总叫她“小迷糊”。

“要是能和小知成为好朋友的话，说不定就能分到一些聪明药了，嘻嘻嘻。”荷娜盯着小知，露出不易察觉的微笑。

这时，同桌拍了拍她说：“怎么了？你也想和小知交朋友？”

荷娜连忙摆手，可脸却变得通红。

接着，同桌意味深长地跟她说：“你可要想清楚。要是我的话，就算小知说要跟我做朋友我也会拒绝他的，不过这种情况应该也不会发生。”

“为什么？”

“小知是因为吃了聪明药才成为天才的，这个说法其实只是个传闻。他本来就很聪明，别忘了他爸爸可是个生物工程学家。可是小知有先天性心脏病，好像还很严重，都已经做了好几次手术了，如果没法找到心脏做移植手术的话，他马上又得做瓣膜手术了。”

“哇，那他这样还能来学校上学啊？”

“那当然了。我弟弟也是先天性心脏病，除了不能踢足球，进行其他的活动都没问题。现在做完手术已经好转了。不过，小知跟我弟弟不一样，他除了上厕所的时候会出去，其他时间几乎一直都在教室里坐着。郊游也不去，运动会也不参加，好像从来没出去旅游过，所以他才没什么朋友。”

荷娜回想了一下，好像每次课间休息小知都会坐在座位上打开一本厚厚的书，或是看着周围的同学在旁边打闹，从来不去操场玩。那上卫生间怎么办呢？难道是等到忍无可忍的时候再去厕所吗？荷娜又盯着小知看了好久。

啪！荷娜家玄关门门缝里又掉出了一个信封。又是一个写着“我的小小知更鸟”的粉红信封。荷娜站在玄关门前，急忙打开了信封。里面又是一张照片，照片里是一个二十岁左右的漂亮女生。

“这是谁呢？”

荷娜盯着照片看了很久，发现照片里笑得很开心的这

哗啦啦……

个女生和自己很像。水灵灵的大眼睛、微微上翘的眉毛、高挺的鼻梁、瘦瘦的脸部轮廓、柔顺的秀发，就连鼻尖上的痣都一模一样，荷娜到了二十岁肯定会长成照片里这样。

“啊！我知道了。这肯定是用PS软件做出来的图。到底是谁呀？”

荷娜以前也看到过这种照片。之前的学校里有一个叫敏锡的男生喜欢荷娜，他把荷娜和他自己处理成了长大后的样子，还合成了一张结婚照。荷娜一气之下把他的手机摔了，还用力朝他屁股踹了一脚。后来荷娜妈妈赔了敏锡一部手机的钱，还说养个漂亮女儿真的太难了，后来还说了很多类似的话，也不知是炫耀还是抱怨。

“难道又是朴敏锡吗？是姓朴吗？还是姓姜来着？他怎么知道我住在这儿？唉，看来真得吃点聪明药了。”

荷娜一进门就急忙跑到阳台往楼下看，这时正好小知打开了楼下的阳台门，抬头望向了荷娜。

“荷娜，你怎么在玄关门前站了那么久？你不会是不记得怎么开门了吧？”

“我不是警告过你不要偷看我吗？”

“我没偷看，因为楼层之间隔音效果很差，每次你在楼上走动我都能听到你的脚步声，这也不是我故意要听的。”

只听哐的一声，荷娜一把关上了阳台门。荷娜后悔自己没听妈妈的话，在家里走路时步子要轻一点。接着，她就轻轻地走回了自己房间。

荷娜从小就习惯了一个人待在家里，她一点儿也不害怕。在妈妈下班回家之前，她可以一直看电视，可以和娃娃一起玩，还可以带朋友回家玩，把家里玩得乱七八糟的。老实说，她还挺喜欢这样的。如果妈妈下班回来得早，荷娜会很开心。不过，如果她下班回来晚了，荷娜也开心。因为妈妈自己觉得过意不去，就不会唠叨荷娜了。

不过，经历了两次粉色信封事件后，荷娜有点儿害怕一个人待在家里了，甚至害怕去开玄关门。每天快要放学的时候，荷娜的心脏就扑通扑通跳得厉害。回家路上总觉得有人在盯着自己，她很害怕。荷娜第一次希望谁能陪她一起上下学。

“到底会是谁跟我开这种无聊的玩笑呢？管你是朴敏锡还是谁，要是再有下次的话，我一定会追上去踹你屁股的。”

上次的粉色信封事件后，荷娜每次开玄关门都会念叨一大堆。不过还好最近这几天都没看见信封，荷娜心里也没那么害怕了。

啪嗒！在荷娜提着的心终于要放下来的时候，奇怪的粉色信封又出现了。玄关门半开着，荷娜一直盯着地上的信封。

“什……什么情况？那个叫敏锡还是敏成的难道疯了吗？为什么总给我塞些奇怪的照片？”荷娜气得大声叫了起来。

说完后她仔细想了想，觉得这个信封应该不是敏锡塞的。如果是他的话，肯定不会把照片打印出来装到信封里，再塞进玄关门缝里。他不会开这么土得掉渣儿的玩笑。

“该怎么办呢？捡起来，还是扔掉？”

荷娜没动信封，径直进了屋，一把关上了玄关门。她装作什么都没看到，换好衣服，喝了水，打开了电视。提醒自己是个健忘的小迷糊，照片这种事也可以很容易忘掉。可是不管多努力，荷娜总会想到粉色信封和之前收到过的照片。

荷娜站起来打开了玄关门，粉色信封就像一条粉色的毒蛇，它吐出芯子咬住了荷娜的指尖。荷娜起了一身鸡皮疙瘩，从手到脖子甚至连头皮上都是。她拿着信封回到了客厅。

信封里又是一张照片。这次照片里的主人公是一个和荷娜妈妈年纪相仿的阿姨，长得很像荷娜。荷娜到了妈妈那个年纪应该就是这个样子。

“到底为什么塞给我？到底想怎样？”

荷娜把收到的三张照片排成一排放在餐桌上，照片里的人怎么看都是 11 岁、20 岁和 40 岁的荷娜。

“不认识我的人看到这三张照片会怎么想呢？”

荷娜想了想，他们应该会觉得这是妈妈、大女儿和小女儿吧。

荷娜抬起头看到了挂在墙上的妈妈的照片。荷娜长得一点儿都不像妈妈。妈妈有着一头卷发，皮肤白皙，身材圆润，脸蛋圆圆的，有着一双温柔的弯弯眼。而荷娜则是一头纤细的直发，皮肤黝黑，身材苗条，脸蛋瘦瘦的，有着一双圆圆的大眼睛。小时候荷娜经常被别人问到底是不是妈妈亲生的，每次她都会哭着大声说自己就是亲生的。

荷娜又看了一眼餐桌上的三张照片，任谁看都会觉得这是母女三人。荷娜又起了一身鸡皮疙瘩。她拿起那张“40 岁荷娜”的照片，仔细端详：“这个人不会是我的亲妈吧？”

这真是一个让人无语的猜想。不过，这个世上奇奇怪怪的事情多了去了。有人抛弃孩子，有人诱拐孩子，甚至有人拐卖孩子。如果照片里的人是我亲妈的话……

“如果她是我亲妈，那她为什么抛弃我这么多年，现在才给我塞这种照片呢？现在要找回我的话，当初为什么要抛弃我呢？那个看上去像姐姐的那个照片又是什么意思呢？她只带得了姐姐却带不了我？那我就是被我妈捡回来的野孩子吗？

“这虽然也能说得过去，但总觉得有哪里对不上。要让这个故事更自然的话……

“我难道是我妈偷来的？”

荷娜噌地站了起来，她以前听妈妈说过，妈妈是历经了很多困难才怀上荷娜的，因为身体上的某些问题，妈妈都不打算要小孩了，可最后奇迹般地有了荷娜。第一次听妈妈这么说的时候，荷娜非常感动。她觉得自己比其他普通的小孩要更特别。可是，如果妈妈并不是奇迹般地怀孕了，而是从哪儿把我偷来的呢？这些照片是不是亲妈为了吓唬妈妈才塞到家里的呢？

“不会的，不可能，我怎么能这么想呢？”

荷娜决定忘掉这个让人无语的猜想和那三张奇怪的照片。她边看电视边玩起了游戏，想打消自己脑袋里那些奇奇怪怪的想法。后来，妈妈下班回来了，一看到妈妈的脸，荷娜就无法停止想象，越想越觉得自己的猜想是对的。

“妈妈，我为什么长得一点儿都不像你呢？”

荷娜问的时候，妈妈正在做晚饭。她忙着翻炒有机蔬菜，头也不回地回答荷娜的问题。

“长得不像我不也挺好的嘛，要是真长得像我的话，你肯定会缠着我让我带你去做新出的基因整形吧，听说现在可以通过改造基因来减肥，让你的身材变好。”

“不是，我的意思是……那我长得像爸爸吗？”

妈妈这才转过头来。

“抱歉，这个我还真不知道，我也没见过你爸爸。我只知道他是个身体健康、黑眼睛、黑头发、黑皮肤的亚洲男人。”

有关爸爸的信息只有这些，因为妈妈是拿到了别人捐

赠的精子，通过人工授精生下的荷娜。法律规定，医生只能告诉受赠者该精子的健康状态，所以荷娜不仅不知道爸爸叫什么，也不知道他长什么样。不过，她也并不好奇，本来她对这种不存在的东西就不感兴趣。

“如果不是那几张照片，我可能永远都不会对这种事情感到好奇的。”荷娜心里又有些不开心了。

妈妈把炒好的蔬菜美美地装到盘子里，妈妈做的菜虽然味道不怎么样，但摆盘却很漂亮。她可能在创造美这方面有天赋吧，无论是菜还是女儿，她都能打造得漂漂亮亮的。

荷娜看着这盘美美的蔬菜问妈妈：“妈妈，你当时怀不上小孩的时候心里是怎么想的？”

“干吗突然问这个？”

“就随便问问。”

“我当时心里很难受，觉得好可惜。每次出门总会一看到小朋友，就打心里羡慕那些推着婴儿车的人。后来，我都想直接偷人家小孩了，做梦都梦到自己在偷小孩。欸，难道那是胎梦？”

妈妈看着荷娜，露出了得意的笑容，仿佛一个成功偷到小孩的魔女。

“魔女”打开了橱柜，里面掉出了一袋爆米花。“魔女”捡起爆米花，拿在手里边晃边大声说：“荷娜，你是不是又偷吃爆米花了？”

妈妈就算很忙，也还是会因为吃的东西咋咋呼呼的，就像打理自家的菜园子一样上心。

“啊？没有，我就吃了一点点……”

“别吃爆米花了，况且这个爆米花的原料还是转基因玉米。虽然有人说转基因食品对人体无害，可我不喜欢。我好不容易遇到了你这个宝贝女儿，只想给你吃自然栽培出来的食物。”

“居然不是‘好不容易生了我’而是‘好不容易遇到了我’？天哪！”这一刻，荷娜仿佛觉得天都要塌了。“现在最重要的不是转基因吧？你都偷小孩了！”荷娜现在心里一团糟。

“转基因食品怎么了？正因为有了转基因食品，粮食的产量提高了，非洲的儿童才可以不用再挨饿。我觉得转基因食品比妈妈好一千倍，一万倍，我还想给它颁个诺贝尔和平奖呢！”

妈妈吓了一跳，看了看荷娜。

“你这是怎么了？青春期吗？还是爆米花吃多了，吃坏脑子了？”

"我才没有。"

荷娜冲回房间，哐的一声关上了房门。她本来不想朝妈妈大声嚷嚷的，她只是怕妈妈是真的偷了小孩，气不打一处来才嚷嚷的。

"不会的，不可能。妈妈不可能偷小孩，我肯定是妈妈领养的。现在不是有很多人领养小孩，却说是自己亲生的吗。是不是亲妈想见我，可妈妈不同意，所以她才给我塞这种照片呢？不管怎样，我得好好查查这个照片的来源。到底是谁干的，明天我就开始查。"

荷娜觉得自己得找个聪明人来帮忙，很快她就想到了一个合适的人选。

放学铃一响，小知就一个箭步出了教室。想着小粉独自在家，他不由得加快了脚步。

小知走得飞快，额头都冒汗了。到了小区门口他才发现有个人一直跟着他，小知头也不回地说："荷娜，今天可是你跟着我了啊！"

"你怎么知道是我？"荷娜吓了一跳。

"因为你走路不好好走。"

“什么？我走路走得不好？怎么可能，我腿很长，走得可好了！”

“你那不叫走路，你那是跳高吧。无论是在家还是在外面，只要你一走路都会发出嗵嗵嗵的声响。你可能觉得自己是在悄悄跟着我，可你走路的声音我能听得一清二楚。可能是你走路的习惯就是这样吧。”

荷娜噘起嘴，不过她觉得小知真的很聪明。荷娜一直跟着小知走到他家门口，对他说：“你说对了，我是故意跟着你的。我有事想找你帮忙。先进去再说吧。”

玄关门一开，一只长得像粉色气球的小猪快速朝两人跑过来。小知一把抱起小粉给荷娜看。

荷娜吐着舌头说：“欸，怎么有只小猪？你还养猪？”

“它叫小粉，可爱吧？”

“嗯，真的跟小猪一样。”

小知和小粉听了后满头问号，荷娜不禁大笑起来：“啊，抱歉。我家以前养了一只小狗，长得真的很像一只小猪。我甚至都想去给它做个基因鉴定，看看它到底是不是真的小狗。所以在我家说谁长得像小猪，真的是在夸它可爱。这只小猪是一只小猪，但它真的很小猪，啊不对，它真的很可爱。”荷娜边摸着小粉，边拼命解释。

小粉用它的鼻子闻了闻荷娜的背包，发出咕咕的声音。

“怎么了？你喜欢这个包吗？小粉你不会是……”

荷娜从包里拿出了一包鼓鼓的零食。原来是胡椒味的爆米花，散发着一股咸香脆辣的味道。

“呃啊！”小知装出一副作呕的样子，满脸嫌弃。

小粉却吃得很香。

“不行！不能给小粉吃这些。”

“没事的，这个猪可以吃。这是我最喜欢的爆米花，我还是第一次碰到同样喜欢这个的人，啊，不是人。很开心见到你啊。姐姐下次再给你多带点儿。”

荷娜把袋子里的胡椒味爆米花都倒到小粉的饭盆里，开始打量小知家的客厅。客厅的一边是装满书的书架，都快顶到天花板了。桌子上放着沙漏、电脑、显微镜等，一片狼藉。透过半开的阳台门可以看到外面有两架很长的望远镜。

荷娜摆弄着客厅里的无人机说道：“你们家有点像电影里的侦探事务所，也有点像老科学家的实验室，感觉很老旧，没有一点儿流行事物的痕迹。聪明的人难道真的与众不同吗？”

小知抚摸着小粉，等着荷娜开口说正事。荷娜也正好拿出粉色信封递了过来。信封上工整地写着“我的小小知更鸟”这几个字。

“我想知道这个照片到底是谁给我的，为什么要给我这个，还有照片里的人是谁。”

荷娜说话的声音有些颤抖，小知也有些害怕。因为电影和小说里经常出现这样的情况：主人公插手别人的事情，尤其是被卷入一个女人的人生后，自己也会陷入危险的境地。

“为……为什么要给我看这个？我看了也不知道啊，而且我一点儿也不了解你啊……”

小知话还没说完，荷娜就把信封里的照片拿出来了。这不就是荷娜自己的照片、荷娜姐姐的照片和荷娜妈妈的照片吗？有什么好奇怪的！小知抬头看向荷娜，然后霍地站了起来。

“啊！这不是你妈妈，你妈妈她……”

“对，我妈妈不长这样。她比照片里的人要胖，也没人家长得好看。那这个人是谁呢？”荷娜仿佛在质问小知。

“照片里的人跟我长得真的很像，可她不是我妈妈。

我的小小知更鸟

这个长得像我姐姐的人，也不是我姐姐，因为我是家里的独生女。那她又是谁呢？每隔几天往我家玄关门里偷偷塞照片的人究竟是谁呢？他为什么要这么做呢？你说啊，他为什么要这么做？为什么？”

荷娜一口气把想说的都说完了。小知张着嘴一脸震惊，他盯着荷娜，很想问荷娜为什么要带着照片来找自己。

“我想找你帮忙查明事情的真相，你不是很聪明吗？”

小知吓了一跳。以前他的头脑都是用来解答数学问题、理解科学原理的，从来没试过要解决这种神秘事件。再说了，如果真有这种为了恐吓某个人而给那个人塞照片的事情，小知是打死都不想插手的。可如果真的有人想吓荷娜的话，他也不能装作不知道。因为之前荷娜像河马喷水一样对他嗤之以鼻的那一瞬间，他想到了罗宾老师讲的初恋故事！

“你跟你妈妈说过这个事吗？”

荷娜摇了摇头。

“要是能跟我妈妈说的话，我还会来找你吗？而且，我现在觉得照片里的人是我的亲妈妈和亲姐姐，我是我妈妈从我亲妈妈那里偷过来的。因为之前她说过自己很难怀上小孩。可是我也不能直接问她啊，万一我真是我妈妈偷来的该怎么办？”

“怎么可能，不会有这种事的。虽然不能说这种事绝对不会发生，可我的直觉告诉我肯定不是的。不过，如果你真的怀疑自己不是亲生的话，最好还是先去问问你妈妈，这是最简单的方法。”

荷娜双唇紧闭，好像生气了。她盯着小知看了很久，冷冷地问他：“那你会什么事情都跟你爸爸说吗？”

“呃，好像也不会吧，不过……”

小知开始含糊其词地回答她，这时荷娜直接摔门走了。

小知耳边传来荷娜的脚步声，先是哐哐哐上楼梯的声音，接着就停下了脚步。肯定是害怕开玄关门，在门前磨蹭。过了好一会儿，小知才听到荷娜进门的声音。

“唉，小粉，我该怎么办呢？”

小知大口大口地喘着粗气。他打开阳台门朝楼上喊了一声：“你把照片拿下来，我再仔细看看。”

嗵嗵嗵嗵，很快荷娜就拿着照片下来了。

小知把看上去像荷娜本人、荷娜姐姐和荷娜妈妈的三张照片排成一排，盯着它们看了好久。终于，他拿起荷娜的照片问她：“这是什么时候拍的？在哪儿拍的？”

“不知道。”

“看后面的背景好像是在一个公园，你还记得什么时候去的吗？那时候头发还是黑色的，那就是在你染头发前拍的。你这一头粉色头发是什么时候染的？还是跟热带鱼鱼鳞同一个颜色。”

“哇！你怎么知道这是热带鱼鱼鳞的颜色？你真的好聪明啊。这是一种新的染色方法，先从热带鱼身上提取色素基因，再把这个基因植入发根。是不是很酷？而且还不伤发呢。如果发根死亡的话，染色的头发就会脱落，毛孔里会重新长出黑色的头发。据说这是最近的热门发色，所以我就试了下。”

荷娜很自豪地甩了甩自己的一头粉色秀发。

“我们之前在生物工程课上做过类似的实验。你到底是什么时候染的头发？”

“好像有一个月了吧，还是三周来着？我记性不太好。”

“一个月？”

小知皱了皱眉。

“怎么了？”

“如果这个照片是你染头发前拍的话，那肯定是三周以前了。可照片里的玫瑰花都开得满满的，如果是三周前，玫瑰花花苞应该都还没长出来。那这个照片应该就是去年拍的了。”

荷娜歪着头想了很久，还是一点儿印象都没有。

“那你记得这件衣服吗？不都说女生对自己有哪些衣服都了如指掌吗？你去年穿过这种连衣裙吗？”

荷娜的眼神突然一下变得很犀利，她猛地站起来大声

说："没有。我没有这种衣服。这种蕾丝裙也太土了，我才不会穿呢。好奇怪，这应该不是我的照片，虽然跟我很像，但真的不是我。"

"你确定吗？"

"我确定！我发誓！"

荷娜急得团团转，小知陷入了沉思。

"那这是谁的照片呢？为什么要塞给你呢？"

"我就是不知道，所以来找你的啊。你能不能尽量快点儿，我感觉心脏都要炸了。"

"心脏不会因为这种小事说炸就炸的，它可是我们体内最坚实的一块肌肉。"

小知也不想这样说的，不过只要是遇到和心脏有关的事，他都会很敏感。

"啊，抱歉。拜托你了。"荷娜边道歉，边轻轻拍了拍小知的肩膀。

这一刻小知觉得，无论发生什么事他都要解开这个谜题。

那天晚上，小知家楼上的脚步声一直到很晚才停下来。应该是荷娜想来想去睡不着，一直在家里踱步。小知也反复盯着荷娜留下的照片，陷入了沉思。

“到底该从哪儿着手解决这个问题呢？”

小知一直在冥思苦想。等到楼上的脚步声停了下来，他也抱着小粉准备睡觉了，同时祈祷晚上能梦到名侦探福尔摩斯，好给自己一个很好的解决方案。

天还没亮，荷娜就醒了。她就在床上躺着，一直等到妈妈出去上班。妈妈做好早饭后，走到荷娜房间看了她一眼，出门上班了。荷娜还是觉得妈妈就是自己的亲妈，可照片里的那个阿姨跟自己长得太像了。

“我需要一个确切的证据！”

荷娜跑到浴室，拿了两支牙刷下楼了。小知一脸憔悴地打开门让荷娜进来，肯定是昨晚没睡好。

“你知道吗？以前有个哲学家，每天天还没亮就起来去给女王上哲学课，后来因病去世，据说是因为压力过大、劳累过度导致的。”

“抱歉。我真的等不下去了。我听到你爸出门的声音就马上下来了。”

“你不是还说让我不要偷看你，也不知道现在谁才是跟踪狂。”

小知嘟囔了一阵，荷娜却并不当回事。这时小粉跑了过来，荷娜一只手抱起小粉，另一只手把牙刷递给了小知。

“我刚刚想了下，我需要证据证明我是我妈妈亲生的，你得帮我，帮我做基因鉴定。如果能证明我是我妈妈亲生的，我和照片里的那个阿姨什么关系都没有的话，我就把这些照片都忘了，不再想了。就当是哪个调皮孩子跟我闹着玩儿的吧。”

这是个好想法。如果荷娜不是妈妈偷来的小孩的话，那这些和荷娜长得像的照片应该就是用电脑软件合成的假

照片而已。

小知点了点头，荷娜真是挑了个好日子，他心想。没过多久，小知就带着两支牙刷去科学馆了。

今天的生物工程课比往常更闹腾，因为今天是做基因检测实验的日子。

施宇拿着一个装了一大撮头发的塑料袋，边晃边说：“我跟我哥说今天要做基因鉴定，从他头上拔了一大把头发！我和我哥不会真的是亲兄弟吧？要真是的话，那可就真的悲剧了。”

同学们听了都哈哈大笑。小知今天又笑不出来，因为他有心事。

“基因样本大家都带过来了吧？一定得是有细胞的样本，连根拔下的头发、指甲、皮肤角质、血液等都可以的。

“你们还要上交基因检测同意书。就算是再简单的实验，也一定要取得当事人同意。”

罗宾老师挨个检查每个同学的样品，同时收走了基因检测同意书。小知把牙刷递给了罗宾老师。

“可以，牙刷上也会有上皮细胞残留。你知道这是谁的牙刷吧？”

罗宾老师对他开了个玩笑。小知点了点头，把爸爸签好字的基因检测同意书交给了他。可转眼小知的脸就变得火辣辣的。

“我们细胞核中的基因一半来自爸爸，一半来自妈妈。无论是长得像妈妈还是长得像爸爸，细胞核中来自爸爸和妈妈的基因数量都是一样的。每个人的基因就像指纹一样，虽然都是独一无二的，不过还是会有一部分和父母是一样的。亲子鉴定就是根据这个原理来做的。”

罗宾老师给同学们分发基因检测工具包。

“过去做亲子鉴定需要花费很多的时间和精力，费用也很高。现在只要把基因样本放在这个工具里就能马上出结果。那我们开始吧。”

在老师的帮助下，小知把牙刷上残留的基因样本放进了工具里。

检测结果会显示在老师的电脑上。小知冷汗直流，心止不住地扑通扑通乱跳。

“结果还没出来吗？什么时候出结果呢？”同学们开始催促老师。

罗宾老师挥手让他们再等等，接着盯着电脑屏幕看了很久，其间还皱了皱眉。小知急得团团转，这时罗宾老师看向施宇说：“这可怎么办，施宇？你哥还真是你亲哥。”

“真的吗？没有一点儿回旋的余地了吗？”

“很遗憾，没有。”

施宇装模作样地假哭起来，引得同学们哄堂大笑。

“除了施宇之外，其他同学带的都是父母的样本吗？”

小知点了点头，在心里呼喊着：“别卖关子了，赶快

告诉我结果吧，快点啊！”

“大家都是父母的亲生儿子，亲生女儿。”

教室里响起了同学们的掌声。

小知霍地站起来问老师。“真的吗？大家都是亲生的吗？”

“不是吧，你难道还担心自己不是亲生的？你和你爸完全就是一个模子刻出来的啊。”

施宇这一句话又惹得同学们捧腹大笑。

这次小知也放下心来，跟着笑了。

下课后，罗宾老师把小知叫住了：“小知，你过来看看这个。”

老师把显示器转过来朝向小知。

“这个是你和爸爸的基因样本吗？”

“嗯，是的。”

小知紧张地咽了咽口水，他回答问题的时候挺冷静的，可转眼间脸又变得通红。

“是吗？”

罗宾老师直勾勾地看着小知，小知撒谎的时候，爸爸也会用这种眼神看着他。

“那个……老师，这个检测能看出来样本是男是女吗？”

罗宾老师点了点头，小知长叹了一口气。

“老师，对不起。其实我的样本是我朋友和她妈妈的。她说想知道自己到底是不是亲生的。不过还好出来的结果是亲生的。”

“实话跟你说吧，刚刚是因为同学们都在，所以我说大家都是亲生的。其实，你朋友和她妈妈的基因检测结果不一致。”

小知一下瘫坐在椅子上，心脏止不住地乱跳。

“你没事吧？”

虽然心里觉得出大事了，可小知还是点了点头。之后，小知又在空无一人的教室里待了好久才拖着沉重的步子往外走。走到科学馆正门，小知发现荷娜在外面等他。小知赶紧躲到了旁边的大楼后面。这时，小知看到比他先走的罗宾老师正在朝荷娜走去。

如果罗宾老师把基因检测的结果告诉荷娜的话该怎么办？没关系，反正罗宾老师也不知道那个牙刷就是荷娜的。还好还好。

小知悄悄转身，从另一个门出去了。

基因和DNA

基因和 DNA 到底是什么呢？

绝大部分生命体都是由细胞构成的，人也一样。细胞里有一个很重要的组成部分叫细胞核，它里面就有 DNA（脱氧核糖核酸的英文缩写）。DNA 里储存着生命体进行生命活动所需的全部信息。我们的身高、肤色、血型等特征都是由 DNA 决定的。DNA 具有双螺旋结构，像是两根细长的链条卷在一起。我们把 DNA 链条中有意义的部分叫作基因。也就是说，DNA 中承载着遗传信息的组成成分就是基因。

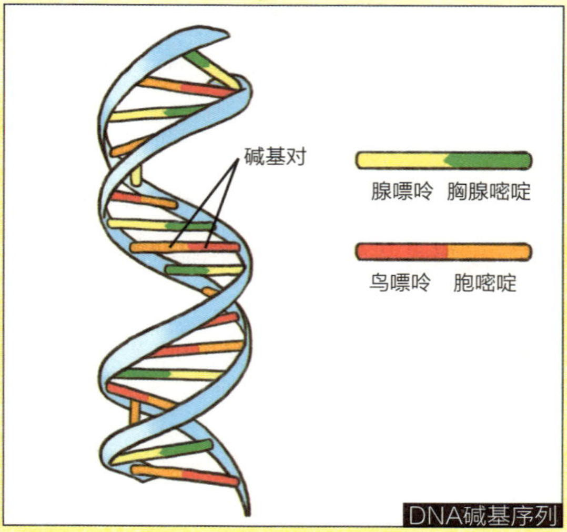

DNA碱基序列

构成 DNA 的碱基共有四种，分别为腺嘌呤、胸腺嘧啶、鸟嘌呤和胞嘧啶。它们互相结合构成复杂的双螺旋结构。这四种碱基变换顺序进行排列组合，形成多种碱基对。碱基对不断延伸排列，形成了我们常说的 DNA 碱基序列。DNA 碱基的排列顺序不同，生命体就显现出不同的特征。

人类基因组含有约 30 亿个 DNA 碱基对，其中决定人体固有特征的碱基对约占 1.5%，DNA 上的基因数为 2 万到 3 万个。

同一父母生出的兄弟姐妹为什么也长得不一样呢？

我们细胞核中的基因一半来自爸爸，一半来自妈妈。我们的兄弟姐妹也是一样。那么为什么我们也会和自己的兄弟姐妹长得不一样呢？那是因为人类的 DNA 数量极其之多，就算是来自父母两个人，也会产生非常多不同的组合，所以同一个家庭的兄弟姐妹，基因几乎不可能完全相同。

不过也有基因一模一样的两个人，那就是同卵双胞胎。同卵双胞胎起初是父母的精子和卵子结合产生的一个受精卵，之后再一分为二，所以他们出生时的基因完全相同。

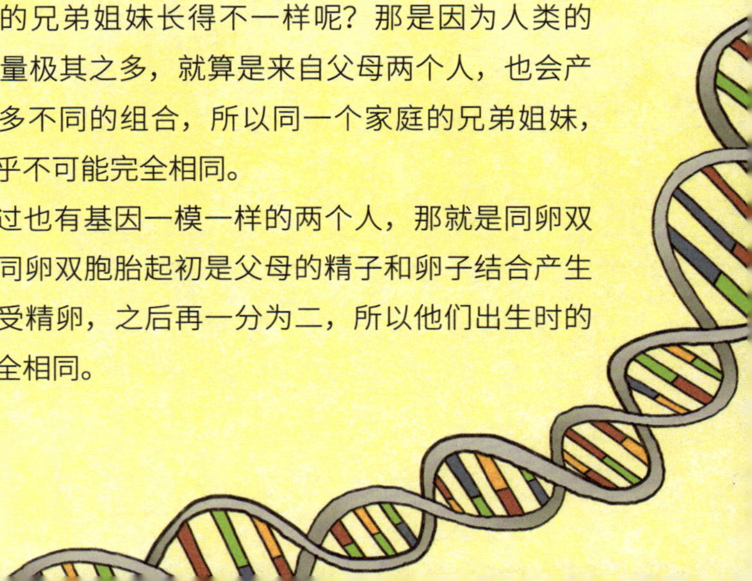

第 3 章

小知和小粉的科学侦查队

整个晚上都能听到楼上的脚步声嗵嗵作响，小知也不开灯，悄悄在家里走动，给人一种家里没人的假象。他不敢告诉荷娜真相，荷娜给他打电话他也不接。他本来想和爸爸讨论一下这件事，可爸爸到现在还没回来。最近，爸爸都是早出晚归，就连周末也没休息。小知抱着小粉躺在床上。

“还好有你在，小粉。”

凌晨时分，爸爸轻手轻脚地走进小知房间，小心翼翼地抱起了小粉。

这时，小知猛地睁开了眼，问爸爸："爸爸，你干什么？你要把小粉带走吗？"

小知一直担心爸爸会把小粉带回研究所。他一直在想，要是爸爸真的把它带回去，自己该怎么办。是哭着闹着要性子，还是绝食，或者假装心脏病发。假装心脏病发应该是最有效的，可他怕自己装不好。没事，装还是能装出来的！

"今天要给小粉做体检。"

不会是假借体检之名把小粉带走吧？那可不行。小知立马用手捂住胸口，开始呻吟。

"呃啊……"

"你要是醒了就来给我帮忙吧,帮我把它带到书房去。"

"嗯？去书房吗？"

小知立马放下了捂在胸口的手，下床了。

"知道了。不过小粉应该非常健康吧，照你说的，我们只给它吃了有机饲料。"

虽然荷娜每次来都会给小粉吃胡椒味爆米花，可小知不打算告诉爸爸。

爸爸给小粉量了身高体重，掰开嘴看了

看，又看了看它的皮肤。

还用听诊器听了很久小粉的心跳。小粉一副不耐烦的样子，一直在挣扎。

“你好好待着别动，体检是一定要做的！”

小知把自己的鼻子凑到小粉的猪鼻子上，蹭了蹭。小粉伸出舌头舔了舔小知的鼻孔。

爸爸一把抱开小粉，大声说：“这是干什么呢！要是小粉生病了怎么办？”

小知吓了一跳，盯着爸爸。

“爸爸，你是害怕我会害小粉生病吗？”

“不是，我不是这个意思……我只是觉得你不能和动物亲嘴，你知道口水里有多少细菌吗？”

小知目不转睛地盯着爸爸。爸爸躲开了小知的视线，开始收拾体检用品。小知看了看小粉，又看了看爸爸。爸爸居然更担心小粉的身体！是不是小粉身上藏着什么秘密？比如国家机密之类的。再不然，难道它身上藏着爸爸研究所新开发的生物工程技术？

叮咚叮咚叮咚，有人在疯狂按门铃。

“来了，来了。真是急死了！”

肯定是荷娜。小知着急忙慌地想找个地方躲起来。可是爸爸却一下打开了门。荷娜看到开门的是小知爸爸，吓得闭上了嘴。

“啊，您好！”

“你是小知的朋友吧？”

荷娜笑着和爸爸打招呼，爸爸一脸惊讶，好奇地打量着荷娜。小知觉得太丢脸了，死死拽住爸爸的衣角。

“欸，奇怪。荷娜，我们之前见过吗？我怎么觉得你这么眼熟呢。”

“没见过。”

“是吗？那可能是我把你跟别人记混了。这是谁的照片啊？是跟小知一起拍的吗？我看看行吗？”

小知爸爸把照片从荷娜手里拿过来，照片里是一个长得和荷娜很像的阿姨。

“哇，我的天哪！你怎么会有她的照片？哇！原来她还活着啊。”

小知爸爸眼里泛出泪光。荷娜立马问他：“叔叔，您知道这个人是谁吗？”

“当然知道了。这是吴雅仁，她是个电影演员。2005年出道后红了五年就突然消失了。她也没开记者会告诉大家她要淡出荧屏，突然间就销声匿迹了。所以关于她的传闻有很多，有人说她和黑手党结婚了，有人说她被绑架了，还有人说她移民了。她很美！当时不只是韩国，她在整个亚洲都很受欢迎。我也是她的影迷，还去过好几次她的拍摄现场呢。”

“您还记得别的吗？只要是跟这个人有关的信息都可以。”

“让我想想啊。吴雅仁是她的艺名，她本名叫吴仁熙。

哇
啊
啊
啊
哇～
你和她是朋友吗？
不

她很喜欢动物，曾给一个动物救助团体当过代言人。对了，她还给新畅动维生素饮料代过言呢。她自己本身就不喜欢喝咖啡，只喜欢喝维生素饮料。那时候我也喝了很多那个饮料。哇，都过了这么多年，她还是这么美啊。她比我还大一岁呢，这么新的照片你是从哪里弄来的？”

小知爸爸刚问完荷娜就笑出了声。“哇！我知道了！你是吴雅仁的女儿对吧？真的好像，简直一模一样。天哪！我儿子居然和吴雅仁的女儿是好朋友。”

这时，荷娜告诉了他一个令人失望的事情。

“我不是吴雅仁的女儿。”

“是吗？那她是你亲戚吗？是你姨妈还是姑妈？”

小知爸爸没有要停的意思，一直在追问。小知把爸爸推到了玄关门外。爸爸被推出门后又说了一句：“荷娜，你要是见到她的话，记得帮我要个签名，我真的超喜欢她。”

爸爸出门后，小知和荷娜一时之间不知道该说些什么。

“今天收获挺多的，基因检测结果怎么样了？”荷娜边盯着手机边问小知。

小知也盯着手机屏幕回答她的提问：“你妈妈当然是你的亲妈妈了。”

小知在说谎，不过也不全是谎话。因为不一定非得要基因一致才是亲生的。

“真的吗？”

荷娜高兴得要飞起来了。小知偷偷地看了一眼荷娜，她笑得很开心，这是最近几天荷娜最开心的一次了。小知把吴雅仁的照片翻过来盖住。

“荷娜，你会忘掉这些照片的对吧？”

“不，既然现在已经知道照片里的人是谁了，就应该去找找看吧。你难道不好奇她到底是个什么样的人吗？”

荷娜在手机网页里搜索吴雅仁的信息，然而网上并没有很多关于她的消息。只有她在演艺圈活动时期的电影、照片，还有采访。而且她既没有粉丝贴吧，也没有个人官网，甚至连最近流行的微博都没有，好像在隐退后就没有在公开场合出现过。

荷娜撇着嘴说：“她好像一直在躲着藏着，就好像有人要抓她一样。”

“对啊，而且我看有很多电视节目会找以前的艺人来做嘉宾，也没见她出来过。”

小知也不知不觉地看起了吴雅仁的采访，采访的内容都差不多。

“我喜欢演戏，可在很多人面前抛头露面这件事对我来说却很难。我也想好好回馈爱我的粉丝，不过有些粉丝就有些过分，有时候我看到他们都觉得害怕。我觉得我不适合当艺人，性格不够外向活泼，所以我很想我小时候的朋友，我也很感谢他们。”

“看来演员也不是想当就能当的啊。你想当演员吗？不过也是，就你这金鱼般的记忆，肯定记不住台词。对吧？”小知半开玩笑地问了一嘴。

他觉得，像荷娜这么漂亮的女孩子肯定都想过要当演员，所以他想当然地觉得荷娜也会想当演员。

“嗯，所以我从来没想过要当演员。这个吴雅仁到底是个什么人呢？一点头绪都没有。到底是谁？为什么要把她的照片塞给我呢？”

荷娜依旧执着于搜索那个人的消息，她坐在客厅的沙发上，一直在刷手机。小粉从荷娜的包里叼出了一包胡椒味爆米花，小知开始和小粉一起吃爆米花。第一次吃胡椒味爆米花的时候，小知觉得这个味道太冲了，不过现在越吃越觉得挺好吃的。

“我找到她的最新消息了。你看，我用她的本名搜到了她丈夫，又通过她丈夫的信息找到了她女儿。这儿还有照片呢。她女儿在美国上大学。有关她家的一切都能从她女儿的微博里找到。欸，她家也养宠物猪了。哇！长得跟小粉一模一样。名字也差不多，她家的叫小粉粉。”

“我看看。”

小知也开始翻起了吴雅仁女儿的微博，里面上传了好几张她女儿和宠物猪一起拍的照片。她女儿长得和她一点

儿都不像，宠物猪倒是和小粉长得一模一样。

荷娜指着一条内容为“这里是妈妈在首尔的新家门口。小粉粉，姐姐不在，你也要好好的哟，不要哭哟。”的微博里的照片说：“欸，我知道这是哪儿，离这儿还挺近的。”

“要不我们去看看？”

荷娜猛地站起身。

“去哪儿？”

“照片里的这栋房子，吴雅仁家。你不好奇吗？”

“去了又能怎样？”

“还能怎样。先去了再说啊。我们把小粉也带过去吧。要是碰到吴雅仁阿姨的话，也能找个借口和她搭话。”

小知有种不祥的预感。带头走在前面的荷娜起初超有自信，可随着目的地越来越近，她也开始不说话了。

这次突如其来的外出，只有小粉是最开心的。

小知和荷娜到了一片安静的住宅区，这里家家户户都筑着高高的石墙，不仅是房子大门很高，院子里的树也很高，树枝还会伸到院子外。荷娜找到了照片里的那个大门，两人抬头盯着高高的大门看了很久。

“我们先躲起来。”

路边停着一辆大车，荷娜走过去蹲在车后，小知也抱着一直挣扎的小粉蹲在她旁边。不一会儿，小知的腿就麻了。

“呃啊，呃啊，呃啊。”

小知一只手紧紧抱着小粉，另一只手沾了点口水涂在鼻子上，老人们说这样做可以缓解腿麻。

“你看，那边有个大叔。他路过的时候一直死盯着吴雅仁阿姨家。他应该知道谁住在这儿。而且这个背影看着很眼熟。小知，你看看。”

荷娜用手肘戳了戳小知，可小知没法回头看，腿麻。等他腿不麻了回头看的时候，那个大叔的背影已经变成一个小黑点了，根本看不出是谁。

“我们要等到什么时候？我得趁我爸回家前回去，帮小粉洗澡，装作它没出过门。”

小知刚站起来，就看到一个头顶着帽檐很大的帽子、戴着太阳镜的女人，正抱着和小粉一模一样的小猪朝这边走过来。她就是吴雅仁。尽管她戴着帽子和墨镜，脸被遮住了，但还是一眼就能看出来她和荷娜很像。两人屏住呼吸，一直盯着吴雅仁走过，等到她进门，两人才终于大口

大口呼吸新鲜空气。

“小知，我真的是我妈亲生的对吧？”

“当然了。”小知这是明目张胆地在撒谎。

“不过，我怎么觉得这么奇怪呢？刚刚看到那个阿姨我就有种很强烈的感觉，我和她之间肯定有什么联系。如果不是母女，也不是亲戚的话，那会是什么呢？我的直觉告诉我，我和她肯定有什么关系。”

小知和荷娜仍然躲在车后，荷娜急得团团转。突然，她大喊一声：“我不会是吴雅仁的克隆人吧？”

噗哈哈。小知笑出了声。现实生活跟电影或漫画情节可就完全不同了。

“荷娜，这世上没有克隆人，别担心。”

“不是都有克隆羊、克隆狗、克隆猴了吗？怎么会没有克隆人？克隆一个人很难吗？”

“不是，从技术方面来说是可行的。可是全世界所有国家都严禁克隆人。科学家们也一致承诺不会克隆人体。”

“‘定制婴儿’这个概念刚出来的时候也有很多人反对。基因改造或是基因疗法也一样。刚出来的时候大家都说这是不对的，说这是违背自然规律的，反对的声音很大，最后还不是拿到了许可，现在已经有很多人在用了。虽然现在克隆人还不合法，但也许有一天会合法的。而且，说不定有些野心大的科学家已经克隆出人了，而那个克隆出的人就是我。你说呢？”

小知摇了摇头，不过，从科学的角度来看，这也是有可能的。

“对了，我想到了！克隆人和本体的基因是一模一样的，对吧？把我和吴雅仁阿姨的基因拿来对比一下，就知道我是不是克隆人了吧？”

小知点了点头，这时他心里又有种不祥的预感。

“那好，你再帮我对比下我和吴雅仁阿姨的基因。”

“不行，我办不到。”

“不行，一定要做。如果不做的话，我就会一直觉得自己是个克隆人，心里会很不安。你难道愿意看着朋友这样吗？”

荷娜想让小知感到自责。小知也只能以攻为守。

“那你呢？我这样做基因检测是犯法的，你难道想看我被警察抓走吗？”

荷娜一直盯着小知，小知心里觉得很愧疚。不过，他内心的理性还是占了上风，让他按捺住了想帮荷娜的心。

“这次真的不行。我想做个不违背良心的守法的人。”

荷娜又盯着小知看了很久。小知心里很害怕，他怕荷娜会一屁股坐到地上放声大哭。不过，荷娜却非常冷静，冷静得让人害怕。

“我知道这个想法真的很不现实，可我真的很混乱，我好怕。明明我就是我妈妈亲生的，可为什么我看到吴阿姨的时候，却无论如何都无法相信我是我妈妈亲生的？这让我觉得基因检测的结果是错的，我身上好像藏着我自己都不知道的某个秘密。所以我拜托你帮帮我，只要你帮我这一次，以后我不会再找你做这种事了。如果有人找你兴师问罪，你就跟他说是我强迫你的。”

“哎哟，真是的。”小知两只手抱着头挠个不停。他只是想和荷娜做朋友，怎么就被卷到这种事件里了呢。小知十分后悔。

“可是荷娜，我也没法帮你啊。要想知道你是不是克隆人，就要做基因检测。要做基因检测的话就要拿到吴阿姨的基因样本，比如指甲、口水、头发、血液等。”

“样本也得靠你帮我了。我现在不能直接出现在吴阿姨面前。如果真像电影里演的那样，我真的是个克隆人，如果我的存在就是为了给她提供移植所需的心脏或其他器官的话该怎么办？如果我妈妈是因为这个原因，觉得我可怜才领养我的话……我妈妈本来就心地善良。”

“不会有这种事的，绝对不会。人类比你想象的要更注重伦理道德。”

小知、小粉和荷娜排成一排走路回家，回家路上两人一言不发。

时候到了，让我带你走近真相吧。

小知和荷娜盯着粉色信封里的信和两张照片看了很久，仿佛要一口把它们吞了。这两张照片一张是荷娜的，一张是吴雅仁的。

“肯定是那个跟踪狂塞的，吓死人了。”荷娜嘟囔着。

小知也是这么想的。可是那个跟踪狂跟踪的对象是荷娜，为什么要给她塞吴雅仁的照片呢？小知只能先找到荷娜和吴雅仁之间的联系。

两天后，小知和小粉组成的科学侦查队出发前往一家宠物医院，吴雅仁经常会带自家的宠物猪小粉粉去那家医院。小知从吴雅仁女儿的微博上得知，吴雅仁预约了当天带小粉粉去做体检。小知计划当天去宠物医院“偶遇”吴雅仁，而且无论如何得拿到几根吴雅仁的头发。

“出发！”

偏偏这天天气不好，淅淅沥沥地下起了小雨。从家里出发去宠物医院，坐公交只要一站路，小知决定走路去。他抱着胖胖的小粉走在路上，一辆摩托车咻的一声从旁边飞驰而过，小知吓了一跳，差点松开了小粉。

“小粉，到了宠物医院要记得装病，知道吗？”到了宠物医院门口，小知还不忘提醒小粉。

“你是带小猪猪来看病的吗？有没有预约呢？”护士姐姐问小知。小知摇了摇头。

“那你可能要先等一下，今天预约的人可多了。”护士姐姐指着挂在墙上的预约板告诉小知。

小知发现黑板上写着“两点：小粉粉”。现在已经两点十分了，她不会已经走了吧。小知着急地扫视着周围的人群。

过了一会儿，第一诊室的门开了，从里面出来的正是吴雅仁和一只粉色小猪。近距离看，吴雅仁长得跟荷娜还是有些区别的，不像是克隆人和本体的关系。她的五官和荷娜的不同，圆圆的脸蛋看上去也比荷娜要温柔。不过，吴雅仁的小粉粉和小知的小粉却真的是长得一模一样。小粉也看到了和自己长得一模一样的小粉粉，拼命想往它那边跑。小知吓坏了，手里的宠物绳也松了。

“不行。”

小知本想起来抓住小粉，没想到重重地摔了一跤。

“没事吧？哎呀，摔得好重啊。”

吴雅仁走过来扶起小知。小知下嘴唇和膝盖都磕破了，还流了血。护士姐姐给小知涂药的时候，吴雅仁一直守在他身边。不过小知却一直在盯着吴雅仁的头发。

“它叫小粉是吗？它真的好活泼啊，长得跟我家小粉粉小时候一模一样，真的太像了，就连屁股上的那块胎记都是一模一样的。小粉不会是我家小粉粉的儿子吧？”吴雅仁笑着说道。

小知吓了一跳，转头望向两只小猪。它俩好像久别重逢的家人一样，开开心心地在一起打闹。

“其实我是开玩笑的，我家小粉粉没生过崽。我就是觉得它俩真的太像了，随口那么一说。不过这也是一种缘分。就算小粉不是小粉粉的儿子，那他俩也有可能是亲戚关系，不然的话，不会长得这么像。你看。”

吴雅仁指着小粉和小粉粉，它俩正埋头吃着盘子里的零食。它俩吃东西的动作习惯，甚至是吃东西的速度都一样，都是用鼻子拱两下再吃一口，拱两下再吃一口……

“真的长得好像啊，他们不会是克隆猪吧？”坐在旁边排队的大婶突然发问了。

吴雅仁和小知吓得瞪大了双眼。

“它俩又不是亲生的，还长得这么像，那肯定是克隆出来的。”

小知也听说过克隆宠物的事情。据说可以以自己养的宠物为本体，克隆出一个一模一样的出来，这样就可以永远跟它生活在一起。不过这真的能算是“永远在一起”吗？就算是克隆出来的动物和之前的宠物从外表上来看是一模一样的，可它的想法、行动、感觉、记忆是没法被克隆出来的。因此，克隆出来的动物在出生后就是独立于本体的另一个生命体。就算小粉是小粉粉的克隆体，那它也是独一无二的小粉。

“它们才不是克隆猪呢。虽说我家小粉粉和小粉长得很像，但并不全是一模一样的。你看它俩的胎记就知道了。小粉的胎记更大，颜色比较浅。而且我家小粉粉耳朵更尖。”吴雅仁刚刚还说它俩长得很像，转头就开始说哪里哪里不像了。

旁边的大婶也点了点头说：“我听说啊，克隆的时候，本体身上有的胎记，克隆动物身上不一定会有呢。不过，既然您都说了不是克隆的，那就不是呗。”

吴雅仁猛地抱起小粉粉，看上去有些生气。

“小朋友，我先走了。以后有机会再见。”

小知还没拿到吴雅仁的基因样本，他恨不得现在追上去抓一把她的头发。

“稍等一下。”

吴雅仁前脚刚出门，小知就抱起小粉往外跑。但他一出门，小粉就从他怀里跳出去，跑到马路上了，他都没反应过来。

“不行，小粉，啊！”

偏偏这时候过来了一辆黑色的汽车。车子飞快地朝这边开来，小知想都没想就要跑到车道上。吴雅仁吓得一把拉住了小知。小知用双手捂住脸，哭得很大声。吴雅仁轻轻拍了拍小知，开始安慰他。

“没事了，没事了。小朋友，你的小粉还在呢。你看，它过来了。”

幸好那辆车及时停了下来，小粉没有受伤。小知抱着小粉坐在地上，放声大哭。

“你妈妈的手机号是多少啊？我看你吓得不轻，我帮你打电话给你妈妈吧。”吴雅仁温柔地对小知说道。

小知摇了摇头，他哭得满脸都是眼泪。

“你怕被妈妈骂吗？没事的。我会好好跟她说的，让她别说你。”

“我没有妈妈。”

“啊，抱歉，真是抱歉了。那你爸爸呢？”

“爸爸会很晚回来，我现在没事了。”

小知抽泣着站起身来。可能是惊吓过度，小知感觉双腿一点儿力气都没有，又一下瘫坐在地上。

吴雅仁看着小知，眼神里满是担心。她犹豫了很久，之后跟小知说："阿姨家就在前面，要不你去阿姨家待会儿吧？我不放心就这样让你回去。"

小知可以去吴雅仁家了，这可正合他意。

吴雅仁家里又漂亮又整洁。唯一有一点不好，那就是客厅的窗户都被紫色窗帘遮住了，屋里很暗。客厅墙上挂满了她和家人的照片，小知盯着这些照片看了很久。这些照片大部分都是她和丈夫、女儿的合照，只有几张是她自己的单人照，看起来像是她幼年时期和青年时期的照片。演员时期的照片好像也没有，只有一些在公园里拍的很普通的照片。

"那个，请问阿姨您以前是演员吗？"

吴雅仁的表情瞬间变僵硬了。

小知马上又问道："我好像见过您以前的照片，我爸爸书房里有一张以前的电影海报……爸爸好像说过这是他喜欢的电影演员……难道不是您吗？"

吴雅仁略显得意地回答小知说："那可不，我之前是当过演员。不过毕竟过去很久了，我还以为大家都不记得我了呢。我可实在不想再回忆起那段过去的经历。"

“为什么呢？居然会有人讨厌当演员吗？我看大家都很想进演艺圈啊。我们班里就有好多人说要当明星呢。”

“那是因为你们年纪还小，还不太了解。成为名人，被人们认出来，其实并不好。我之前有个粉丝就是跟踪狂，一直跟着我，很过分。你知道跟踪狂吧？”

“嗯。就是那种你都说了不喜欢了，他还是会追过来让你难受的坏人。”

“对。我就是想摆脱那个跟踪狂所以才退出演艺圈的。后来也是东躲西藏地过日子。结婚之后我就移民去美国了。我故意增肥，还做了整形手术，发色也染了，完全像是变了个人。还好在美国的时候日子过得还算安稳。不过，为了忘掉那段过去我花费了差不多十年。不过很搞笑的是，这十年里，我却像个跟踪狂一样，一直在调查那个人过得怎么样。只有知道他在哪儿，在干什么，我才能放心地活下去。”

这个人为什么要当跟踪狂来折磨别人？难道他脸上写着“坏人”两个字？难道他从一出生就心怀恶意？像《化身博士》里的海德一样？

小知浑身都在颤抖，他问吴雅仁：“那个跟踪狂后来怎么样了呢？进监狱了吗？”

“他后来成了一个药剂师，之后我就没再调查了。他现在应该过得挺好的吧，我现在也挺好的。就算以后再碰见他，我也不会害怕，我会大胆地告诉他，我讨厌他。所以我才决定回国的。”

“您辛苦了。那您这十年里真的一次都没回来过吗？”

“嗯。”

小知真的很想安慰安慰吴雅仁。他张开双手大声说：“热烈欢迎您回到祖国。”

吴雅仁笑出了声。

“哎呀，真不好意思。我怎么跟一个小朋友说这种事呢？可能是我自己内心也想某天能下定决心把这件事说出来吧。谢谢你。说出来我心里也舒服多了。小知你要是有事情需要我帮忙的话，可以随时来找我。我还得报答你呢。行了，不说了。我们给小淘气们喂点零食吧？”

吴雅仁从客厅柜子里拿出零食倒到盘子里，一闻到零食的香味，小粉就如闪电般飞奔过来了。吴雅仁往后退了一步，不小心把手撞在柜子上了。

“啊，指甲被撞劈了。是不是上了年纪就这样啊？随便撞一下就撞掉了。”

“我捡了扔掉吧，别等会儿被小粉吃了，那可不行。”

小知飞快地捡起地上的指甲往洗手间走，假装扔到了垃圾桶，其实是把它放到了自己带的塑料袋里。基因样本终于到手了。

从吴雅仁家里出来后，小知马上就往罗宾药店跑。小知手里拿着两个塑料袋，一个是荷娜的头发，一个是吴雅仁的指甲。他边晃着两个袋子边说：“罗宾老师，还能让我再做一次基因检测吗？”

“怎么又要做？小知你最近是不是有什么事啊？”罗宾老师满脸担心地问他，可小知却没法跟他解释。

“老师，能不能请你什么都不要问，再帮我一次。拜托了。”

“是上次那个朋友的事吗？我就再帮你一次，以后你有事可以先向父母寻求帮助，找他们帮忙不是什么丢脸的事。”

罗宾老师用小知拿来的头发和指甲做起了基因检测。小知紧紧抱着小粉，焦急得咬起了指甲。不一会儿，罗宾老师告诉小知：“鉴定结果一致，是亲子关系。是你想要的结果吗？”

“确定吗？不会是克隆人吧？”

“当然不是了，这世上哪有克隆人。”

小知长舒了一口气，走出了药店。罗宾老师盯着小知的背影，望了许久。

转基因食品

什么是转基因食品？

从很久以前开始，农民们就一直想培育出生命力更强、产量更多的作物。他们挑选品质更好的农作物精心栽培，培育出的农作物品质也越来越好。此外，他们还用同种类的植物进行授粉，培育出仅有优点的品种。这就是我们说的育种。不过，用这种方法育种，需要历经多年进行多次授粉，所以需要花费很多时间和精力。

因此，生物工程学家们通过基因重组技术，研究如何在短时间内给人类培育出更多生命力顽强的作物。他们从某种生物体内提取特定的基因，移植到其他植物里。我们把这种通过人为改造基因的方式培育出的农作物及其加工品称为“转基因农作物”和“转基因食品”。

基因重组技术常用于提高农产品的产量、延长其保存时间、提高其抗虫害能力。举例来说，可以给抗虫害能力较弱的豆子移植抗虫害能力较强的杂草的基因。目前已有多种农作物培育采用了基因重组技术，如玉米、大豆、芥菜、棉花、西红柿等。

转基因食品会危害我们的健康吗？

2002 年非洲遭遇大旱，粮食供给严重不足，美国给六个非洲国家支援了玉米。不过，其中三个国家拒绝了美国的支援。人都要饿死了，为什么要拒绝呢？

那是因为美国提供的玉米是未经加工碾碎的转基因玉米。拒绝美国支援的国家认为："转基因玉米的安全性未得到验证，如果本国的农民种植了这种玉米，可能会破坏国内的生态环境，那就很难再继续向欧洲市场出口粮食。"不过美国则表示："美国人已经吃了好几年转基因玉米了，没有科学证据证明转基因玉米会危害人体的生命健康。"

究竟谁对谁错呢？

支持基因重组技术的一方认为，转基因食品的安全性已经得到了充分的验证，基因重组是一项能够解决全球粮食短缺问题的优质技术。但反对的一方认为，目前还不确定长期食用转基因食品会对人类产生何种影响。同时，如果人工培育出的转基因植物流入自然环境中会对生态环境造成何种影响也是不确定的，这也是他们担心的一点。

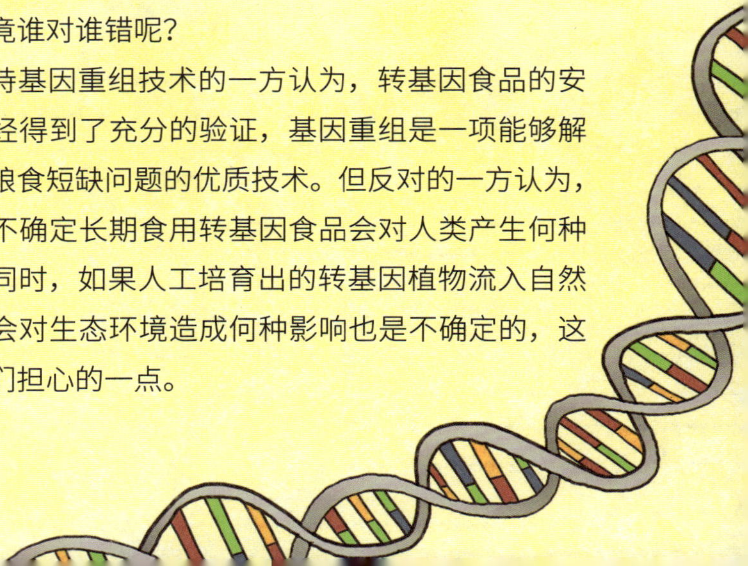

嗵嗵嗵

第4章

谁是荷娜的妈妈？

“有事可以先向父母寻求帮助。”

小知到家后马上拨通了荷娜妈妈的电话。因为之前的故事实在是说来话长，所以小知直接把荷娜和荷娜妈妈，荷娜和吴雅仁的基因检测结果告诉了她，但没告诉她荷娜收到照片和信件的事情。

“好的，我知道了。谢谢你告诉我。”荷娜妈妈冷静地回答道，仿佛已经预料到了总有一天会发生这种事。

小知心里一下轻松了许多，时隔几天终于睡了个安稳觉。

可第二天早上他起床的时候非常难受，一想到去学校会见到荷娜，他的心脏就跳得厉害。“要是荷娜问我，为什么要骗她说她是她妈妈亲生的，我该怎么办？要再撒谎骗她说，基因样本被污染导致检测结果出了问题吗？不行，不能再撒谎了。直接说我当时太慌张了，所以撒谎了？还是耍个滑头，跟她说，没事啦，还好不是克隆人？”

小知还没想好该怎么面对荷娜，可不知不觉就已经到学校了。小知坐在第一排，他不断抬头偷瞄进来的同学，等着荷娜进来。他一边希望荷娜不要来，一边又盼着她快点儿进来。

上课铃响了，荷娜还是没有出现。难道是听妈妈说了她不是亲生的，受了打击所以才没来？小知一有机会就望向教室门口，可荷娜最终还是没有出现。

快下课的时候，荷娜妈妈气喘吁吁地跑进了教室。“老师，我家荷娜真的没来上学吗？也不在家里，不知道她去哪儿了。”

荷娜妈妈非常着急，老师示意她去走廊，小声问她：“荷娜妈妈，是不是家里出什么事儿了啊？”

小知心里咯噔了一下，接着开始扑通扑通地狂跳。都

怪自己，小知一下冲出了教室。

“一定要找到荷娜，她会去哪儿呢？”

小知实在是想不到她会去哪儿。虽然自己最近和荷娜走得挺近，可他对荷娜却一无所知。只知道她小时候养了一只长得像小猪的小狗，喜欢喝新畅动维生素饮料，喜欢吃胡椒味的爆米花。可像那种好朋友必须知道的，比如喜欢什么颜色、喜欢什么季节、有没有别的朋友、缓解压力的方法等，小知却什么都不知道。

而那些无关紧要的个人信息，他却知道得太多了。

小知漫无目的地走着，一不留神就到了吴雅仁家门口。对啊！荷娜有可能就在这儿。小知摁了门铃，不过家里好像没有人在，也没有人出来回应。

小知拖着沉重的步子往家走。回家路上他又去了一趟罗宾药店，罗宾老师吓了一跳。“这么晚了，你来干什么？”

“我要一瓶新畅动维生素饮料。”

那是荷娜最喜欢喝的饮料。小知瘫坐在地上喝着饮料。

这时罗宾老师问他：“是不是出什么事了？”

“老师，荷娜不见了。她今天有没有来过这儿啊？有没有从店门口经过？”

“你说谁？”

“荷娜，她是我朋友。一个粉色头发的女孩，之前还在这儿买过新畅动维生素饮料。”

“这我就不记得了，我没怎么注意顾客的长相……”

“可是荷娜的头发是粉色的，而且她长得特别漂亮，你肯定记得她。”

小知说完后，脸就红了。

罗宾老师急急忙忙跑进了配药室。小知喝完新畅动饮料后把瓶子扔进了可回收垃圾桶。

啪！垃圾桶里传出了玻璃瓶撞击的声音。小知以为玻璃瓶碎了，于是朝可回收垃圾桶里看了一眼。这时他看到了一个插着吸管的新畅动饮料瓶，而且吸管被咬得扁平。小知认识的人里，只有荷娜喜欢把吸管咬成这样。荷娜肯定来过这儿。

小知急忙问罗宾老师："老师，荷娜今天肯定来过这儿。你再帮我想想，粉色头发的……"

"得了，你别烦我了。没有什么要买的就走吧。"罗宾老师板着脸，冷冷地回答道。

"可是老师你不是每天晚上都会清理垃圾桶吗？新畅动饮料的吸管……"

罗宾老师用力拍了下桌子。"我现在很忙。"

肯定有猫儿腻！小知非常确定，关于荷娜，罗宾老师肯定有什么事情瞒着他。自己不该这么草率地问他荷娜的事。

"等等，老师，你今年多少岁啊？"

"四十五了，怎么了？"

比爸爸小一岁。那罗宾老师肯定也知道爸爸年轻时候

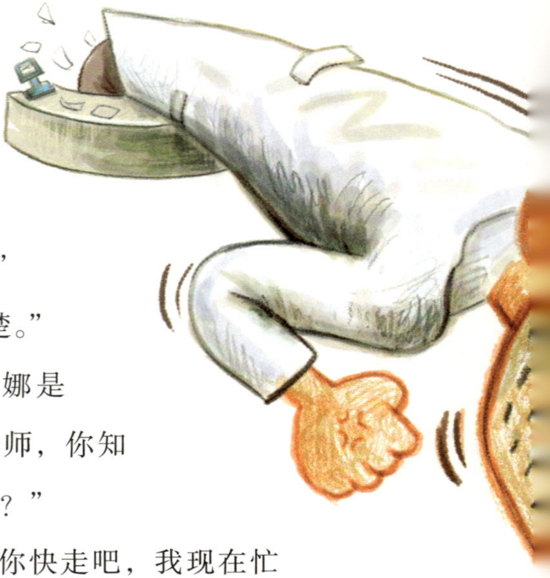

喜欢过的演员。

“老师，你有没有觉得荷娜长得很像一个人？”

“是吗？我……我不清楚。”

刚刚他还说不知道荷娜是谁！小知接着又问他：“老师，你知道以前有个演员叫吴雅仁吗？”

“不知道！我不认识。你快走吧，我现在忙着呢！”罗宾老师气得大喊一通。

小知觉得他很可疑，可他却什么都做不了，只能先回家。要是荷娜这时已经回家了就好了！

小知一打开玄关门，小粉就扑上来找他玩。小知把荷娜留在家里的胡椒味爆米花全都倒到了小粉的饭盆里。然后他学着荷娜那样，从厨房嗵嗵嗵走到客厅，又从客厅走到厨房。

嗵嗵嗵，荷娜到底去哪儿了呢？嗵嗵嗵，荷娜现在跟谁在一起呢？嗵嗵嗵，不会被坏人抓走了吧？

“哎呀，脚痛。”

小知坐在餐桌前，餐桌上放着感冒药的包装袋，包装

马上出去！

袋的背面是罗宾老师一笔一画写的“罗小知”三个字。爸爸每次看到罗宾药店的包装袋都会夸罗宾老师的字写得好，就像是打印出来的一样。小知盯着包装袋上的“罗小知”三个字看了很久，突然起了鸡皮疙瘩。他拿出了荷娜留下来的粉色信封，“我的小小知更鸟”里的“小”和“知”字，跟药店包装袋上写着的“小”字和“知”字的写法一模一样。

“难道是罗宾老师？对，就是罗宾老师。就是他塞的照片，而且他也知道荷娜是谁。可他为什么要撒谎呢？”

小知找出了荷娜收到的最后一封信。他的手一直在抖，差点连信封都打不开了。

时候到了，让我带你

走近真相吧。

什么意思？带她走近真相？是说要把荷娜带到哪里去吗？难道是绑架？

小知立马给爸爸打了电话。可爸爸没接，应该是在做什么重要的研究，或是在开会。

“该怎么办呢？自己一个人去罗宾药店的话，可能会有危险……”

小知在客厅里来回走动，嘴里一直在嘟囔。小粉以为这是在玩什么好玩儿的游戏，一直跟在他后面跑。小知一不留神碰到了小粉的屁股，差点儿摔了一跤。这时他想起来有个人可以帮他。

吴雅仁一接起电话，小知就问她：“阿姨，如果您女儿遇到危险的话，您一定会救她的，对吧？”

“小知？发生什么事了吗？怎么突然没头没脑地说这些？”

“我有个朋友叫荷娜，她现在很危险。其实她是您的女儿，具体的来龙去脉您可以去问您的发小，也就是荷娜的妈妈金智恩。请您一定要帮帮我，不对，是帮帮荷娜。”

“智恩的女儿荷娜其实是我的女儿？”

“是的。荷娜现在很危险，现在只有您能帮她了。”

“荷娜她……生病了吗？”

吴雅仁的声音在颤抖，小知哇的一声哭了出来。

“不是的。我家这边有个药剂师叫罗宾，他也是科学馆的老师。总而言之，那个老师给荷娜塞了您的照片，还写了信。现在荷娜不见了，他明明见过荷娜，却骗我说没见过，就像个跟踪狂一样。阿姨，您能帮帮我吗？”

“你，你说他叫罗宾？”吴雅仁的声音更抖了。

啊！小知脑海里浮现了一个单词，接着吴雅仁就把这个单词说出来了。

“那个跟踪狂把我称作是‘知更鸟’，英语里知更鸟就叫罗宾。”

“怎么办啊，阿姨？罗宾老师应该就是您之前说的跟踪狂。那荷娜现在就真的很危险了。可能他知道荷娜是您的女儿，所以想绑架她。他给荷娜的恐吓信上还写着要

‘带她走近真相’呢，荷娜不会已经被他绑架了吧？我现在要去一趟药店，需要您帮我把罗宾引开。如果您给他打电话说想见他的话，那个跟踪狂一定会离开药店的，等那时候我就去药店找线索，一定会找到的。”

“不行，我做不到，抱歉。我光是听到那个人的声音就会觉得难受。”

吴雅仁啪的一声挂掉了电话。小知等了30秒再次打给了吴雅仁。

“阿姨，拜托您了，请您救救荷娜。虽然她现在不是您的女儿，可她曾经是啊。就算她不是您女儿，那也是个有生命危险的小朋友啊。”

“我以为那件事早就结束了，所以才回来的。”

“对不起。”

小知真的非常难受，电话那端传来吴雅仁叹气的声音。

“知道了，我试试吧，你自己小心。”

小知和小粉一起往药店跑去。虽然小粉什么都不懂，但有它在身边，小知觉得很踏实。小知躲在药店附近，没过多久就看到罗宾老师着急忙慌地出门了，连药店的门都没来得及关就开车走了。小知立马走进药店，蹲下身子穿

过柜台，拉开了配药室门口的窗帘。小知虽然来过很多次药店，不过这还是他第一次进配药室。

“啊！”

小知忍不住大叫了一声。配药室墙上贴满了吴雅仁的

照片，年轻时候的照片上还写着“我的小小知更鸟”这几个字。

“荷娜在哪儿呢？这里肯定有线索。”

小知抬头环顾了一周，配药室里只有散落各处的药瓶，不见荷娜的踪影。小粉一直用鼻子在地上拱来拱去，小知仔细一看，它好像在角落里吃什么东西。

“快吐掉，可能是药呢，别乱吃。”

小知硬是掰开了小粉的嘴，小粉一直挣扎着不想吐出来。小知把它嘴里的东西拿出来一看，原来是一颗胡椒味的爆米花，在它嘴里都快化了。这是荷娜最喜欢的胡椒味爆米花。小知灵光一闪，他撕掉了墙上贴着的吴雅仁的照片，照片后面出现了一个门把手。

“荷娜，你在里面吗？”小知打开门大声问。

房子里像洞窟一样黑乎乎的，什么都没有。小知慢慢往里面走，这时他看到房间的桌子上散落着荷娜的照片，基因检测结果，还有头发。桌子下面还掉了几颗胡椒味的爆米花，荷娜肯定也来过这里。

“这到底是怎么回事啊？”

这时，小知的电话响了，是吴雅仁打来的。

“小知，你现在能不能来我家一趟？”

小知到了吴雅仁家，发现荷娜和罗宾老师也在她家。

小知吓了一跳，他故作镇定地走到荷娜身边悄悄问她：“你没事吧？”

荷娜一脸疲倦地点了点头。吴雅仁也被吓得不轻。现在，小知必须鼓起勇气面对这一切。

“罗宾老师，你到底想怎样？以前你对吴阿姨做过的坏事我都知道了。你现在还想伤害荷娜吗？还说要绑架她？你觉得我会让你得逞吗？”

“什么绑架？你误会了。不管怎样，我向你们道歉。”没想到罗宾老师居然主动道歉了。

小知有些惊慌，不过他还是不能放松警惕，一定要把吴雅仁和荷娜从跟踪狂的魔掌中解救出来。

“那你赶紧走吧。”吴雅仁怒吼道。

“对不起，知更鸟。啊不对，对不起，吴雅仁女士。我一直想向你道歉。以前的我真的太坏了，现在想起来都觉得很羞愧，所以我想帮你，想以此来谢罪。不久前，我见到了荷娜。当时我一眼就看出来她是你的女儿。在我观察荷娜的时候，小知拜托我帮他做基因检测，我这才知道

你已经回韩国了。今天早上荷娜正好来了药店，我就把事实告诉了她，然后就想带她来见你。我想告诉你，你有个女儿。我觉得这是我的义务。”

“你管得也太宽了吧，这件事跟你半毛钱关系都没有。”吴雅仁的声音在颤抖，不过她很理直气壮。

罗宾老师低头鞠躬：“非常抱歉，我不该这么做的。抱歉让大家受累了。”

罗宾老师再次低头鞠躬，之后就转身往外走了。小知他们三个人屏住呼吸，一动也不动，仿佛被固定住的铜像一样。

哐！

直到听到玄关门关上的声音，他们才恢复了正常的呼吸。吴雅仁走到荷娜身边。

“没事吧？对不起，都是因为我，我……”

“别说了，事情的来龙去脉我回去问我妈妈就行了。”

荷娜低头跟吴雅仁打完招呼立马就

出门了。小知也跟着她跑了出来。

“荷娜，等等我。你现在得赶快回家，你妈妈很担心你！”

荷娜转过头回答：“不用你说我也知道，你这个骗子。”

小知一下子腿软了。我担心了她这么久，为了找她急

得团团转，可我都干了些什么啊？小知觉得心很痛，心脏扑通扑通跳得很急，全身都好痛，仿佛整个身子都在被挤压着。

我们身边的生物工程

生物工程技术会用在哪里呢？

我们身边就有很多生物工程技术，泡菜和大酱等食物就是生物工程食品，因为它们是利用微生物的作用而制作出的对人类有利的科学技术产品。此外，每个人家里也有很多利用微生物制作而成的生物工程技术产品，如面包、芝士、红酒，以及加入了酵母提取物的化妆品等等。

生物工程技术还可以用来治病。从青霉菌中提取出的第一种抗生素——青霉素、利用基因重组技术研制出的糖尿病专用胰岛素、用于治疗一种白血病的格列卫等药剂都是生物工程技术的产物。

生物工程技术在保护环境方面也发挥着很大作用。我们可以利用微生物来净化污水，制作出在土壤中也能分解的杯子，研发出无污染的洗涤剂，等等。在海洋中发生漏油事故时，可以利用降解原油的微生物清除流入海洋的原油。

生物工程学家还以微生物、动物的排泄物等各种资源为原料研发出了无污染的生物能源。生物能源的功能与石油、煤炭相似，但不会产生有毒物质。生物工程学家还以大豆、油菜籽、葵花籽、椰子等为原料研制出了柴油。他们还从甘蔗、玉米、土豆、稻草中提取特定成分，经过发酵研制出了生物乙醇。

生物工程技术还可以用来抓捕罪犯。你们听说过科学侦查吧？就是从犯罪现场采集证据，通过科学分析找出谁是犯人。科学侦查中最常见的就是指纹识别技术，因为每个人的指纹都不一样，就算是同卵双胞胎，指纹也是不同的。

近年来，DNA 鉴定技术在抓捕嫌疑人的过程中发挥着重要作用。刑侦人员在犯罪现场收集含有人体细胞的血液、头发、口水、指甲等证据，之后再通过基因检测从嫌疑人中找出真正的罪犯。

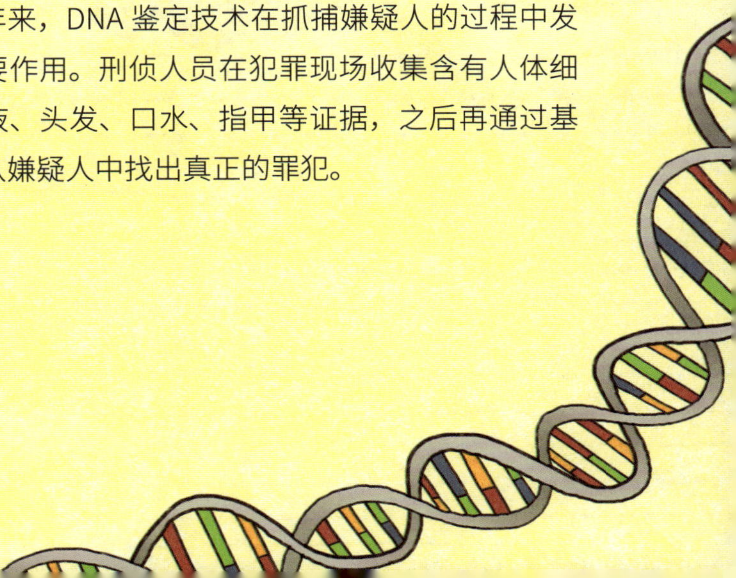

第 5 章

为了真正的家人

那件事过去一个月后，爸爸告诉小知：“心脏移植手术的时间定下来了。”

“真的有和我完全匹配的心脏吗？”

“嗯，完全匹配。”爸爸坐在沙发上，边看着小粉，边说道。

小知也看了一眼小粉，心里乱糟糟的。有捐献心脏就意味着有一个健康的人正在走向死亡。那个人连 1% 的生存希望都没有，才会把活下去的机会留给别人。小知觉得很对不起那个人，可他内心也充满了感激。

“你去医院住院、做手术的时候，我会把小粉带到研究所去，明天我就带它走，你今天好好跟它道别吧。”

“有人可以帮我照顾小粉，她说过她可以帮我照顾。”小知想到了吴雅仁。

吴雅仁可以说是荷娜的妈妈，又不是荷娜的妈妈。荷娜妈妈以前一直怀不上小孩，于是她从发小吴雅仁那里受赠了一颗卵子，生下了荷娜。荷娜妈妈想着，至少得等到荷娜成年以后再告诉她这件事。可是荷娜出生的时候，荷娜妈妈发现她和吴雅仁长得太像了，于是决定不再和吴雅仁有任何来往。可事实是藏不住的。

知道自己出生背后的故事后，荷娜对两个妈妈都很生气，跟她妈妈住在一起却不正眼看她妈妈。吴雅仁来家里找荷娜，荷娜也拒绝见她。荷娜也很生小知的气，因为小知知道真相却没告诉她。距离那件事发生一周后，荷娜还是对小知不理不睬。

于是小知就主动找到了荷娜。“真的很抱歉，可是我真的很羡慕你，我连妈妈都没有，你还有两个呢。”

小知忍住不让眼泪流下来。

不知道是不是因为小知的这番话，从那之后荷娜就不再生妈妈的气了。

“妈妈，我只有你这一个妈妈，基因什么的都不重要。”

据说荷娜妈妈听完这句话后哭了。小知知道后也感动哭了。小知一个人在家的时候，也会学荷娜说的那句话。

“小粉是我的弟弟，基因什么的都不重要。”

小知说着抱住了小粉胖墩墩的屁股。明天小粉一走，就要过好久才能再见到它了。一想到这里，小知就觉得很伤心。

医院不允许小猪进来看望病人，要再见到它肯定得等到出院的时候，啊不对，说不定出院之后也还要再等一段时间才能见到小粉，因为爸爸肯定会拿免疫力说事，咋咋呼呼的。

小粉用鼻子蹭着小知的脚背，小知给它拿零食。

“小粉，你说我要是移植了一个新的心脏会变成什么样？我的想法会发生变化吗？不过不管怎样，我喜欢你的心意是不会变的。去了研究所后就只能吃定量的东西了，趁现在多吃点儿。”

小知又给它倒了很多有机饲料。小粉吃东西的速度超级快，像个吸尘器一样，吃饱了它就开心地到处跑。突然，它跑到爸爸书房里了，平时书房的门都是关着的，不知道今天怎么开着门。小知很久没进书房了，他走进去坐在爸爸的书桌椅子上。这段时间他一直在帮荷娜查这查那的，都没怎么关心过爸爸。

小知看到爸爸把笔记本电脑放在桌上，他动了动鼠标，屏幕亮了。看来爸爸没关电脑就出去上班了。屏幕上显示着爸爸所在的研究所的新闻。

哈特生物工程研究所

成功取得猪心脏移植手术许可

在成功完成100次猪心移植人体临床试验后，哈特生物工程研究所成功取得了美国FDA的许可，成为韩国国内首个获得该许可的研究机构。猪心移植人体技术是指对供体猪进行基因改造，使其心脏与受体完全匹配。该研究所目前正饲养着100只定制供体猪，可为需要心脏移植的患者提供心脏……

“哇，爸爸终于成功了。”

下午的天气让人昏昏欲睡，小知和小粉一起躺在沙发上睡着了。梦里小知成了一个非常勇敢的冒险家，他喜欢到处去冒险。因为移植的新心脏充满了勇气，无论遇到多么凶猛的坏人，小知都不觉得害怕。小粉勇敢地和坏人正面交锋，小知也勇敢地和坏人战斗。突然，脑子里传来叮的一声……

小知睁开了双眼，回过神来，他发现自己身上全是冷汗，心脏怦怦怦直跳。小知猛地坐了起来，看了一眼小粉。

“难道小粉也是供体吗？不会的，不可能。”

小知冲进爸爸的书房，又仔细看了一遍那条哈特生物工程研究所的新闻。接着又搜了其他的新闻，还把研究所官网的所有页面看了个遍。在官网发布的供体猪照片集中，有一只小猪吸引了他的视线。那是一只屁股上有着冰激凌形状胎记的小猪，这张照片让他瞬间回想起第一次看到小粉时的开心时刻。

“不可能。小粉是供体猪？小粉的心脏要移植给别人？不行。小粉要一辈子和我在一起。”

小知立马给爸爸打了电话。

“小知啊，有什么事吗？”爸爸温柔地问他。

这时，小知想起了当时爸爸说的那句“是的，完全匹配”。

“移植的对象，难道……是我吗？”想到这里，小知挂掉了电话。

那天晚上，小知家乱成了一团。小粉不见了，消失得无影无踪。小知爸爸回家后，把整个小区找了一遍都没找到。

“你怎么不好好看住它呢？”爸爸朝小知吼道。

小知哭得眼睛都肿了，他也朝爸爸大喊：“你不是一点儿都不喜欢小粉吗？干吗这么生气？最伤心的人是我好吗？我才是最爱它的。你每天就想着要把它送回研究所。”

“别说了，我去找人帮忙。”

“找人？找谁？警察吗？不行。”

爸爸盯着小知。以前只要小知一说谎，爸爸就会想从他的眼神里找到点蛛丝马迹，大多数时候都能被爸爸发现。这次小知避开了爸爸的视线。

“我去找。我是最懂小粉的人，让我去找的话一定能找到的。”

“真的吗？”

“嗯，不过我有个条件。如果我找到小粉，你就得让它一直跟我们一起生活，一辈子……”

“我给你一天时间，你去找吧。如果你找不到的话，我就按我的方法来了。”

爸爸走进书房，哐的一声关上了门。小知哭着往外走，不一会儿到了二楼荷娜家。

看到满脸鼻涕眼泪的小知，荷娜吓了一跳。“出什么事了？”

小知哭着告诉荷娜：“小粉不见了。”

“什么？它跑哪儿去了？怎么不见了？”

小知摇了摇头。

“你爸爸怎么说？有没有报警？”

“没有，我们自己能找到小粉，就我俩。”

荷娜惊讶地张开了嘴。荷娜像哄自己弟弟一样温柔地跟小知说：“我知道你很爱小粉，不过光靠咱俩怎么找得到？不行的。”

“我不要，我就要跟你一起找。今天先算了，我太伤心了。我们明天开始找吧。”

小知非常固执，说完他就走楼梯回家了。荷娜望着小知的背影嘟囔着：“他确实哭得很伤心，不过仔细看要比想象中沉着。难道是他胆子变大了？”

荷娜只能帮他找小粉。不仅仅是因为小知之前帮过自己，更因为小知是自己的朋友。

荷娜先去查了监控。每一栋楼的入口、小区门口、小区游乐园、停车场都安了监控，住户可以随时在家查看24小时内的监控。

“小知应该也查过监控了吧，那我也得再看一次。每个人注意到的点可能都不一样。”

荷娜在电脑里打开了监控视频。小粉是今天晚上不见的，早上的时候还在，那得看过去 12 个小时的监控。荷娜打开了他们那栋楼入口的监控录像，用倍速看了一会儿后，她看到小知和小粉一起从楼里走出来，她觉得很奇怪。

“嗯？小知和小粉一起出来了，是去散步吗？他包里背了什么，怎么鼓鼓的？欸，不见了。”

荷娜急忙打开了小区入口的监控录像。这次就比较简单了，只要跳到小知出门的时间段去看就行。小知站在小区门口等了很久，接着突然往右边跑了。虽然监控没拍到，荷娜觉得肯定是小粉往那边跑了，因为它喜欢往右边跑。

荷娜继续看监控，不过看监控真的很无聊，用倍速看都看得哈欠连天。可她也只能接着看，直到找到小知回来的监控为止。

“啊，回来了。不过怎么只有小知自己呢？小粉呢？”

荷娜有些不明白，明明是他俩一起出去的，为什么小知一个人回来了呢？而且他为什么要装作不知道呢？

第二天早上，荷娜去小知家找他，发现小知一脸没睡醒的样子。

“你想好了要怎么去找小粉吗？”荷娜问他。

小知摇了摇头，又点了点头。

“你肯定都想好了吧？那我来找找你家里有没有什么线索。”

荷娜仔细查看了小知的房间、客厅、阳台和窗户、玄关这些地方。

“小粉的行李都去哪儿了？”

小知把小粉的窝、毯子和玩具都拿了出来。

“吃的呢？它的有机饲料呢？去哪儿了？你最近不是还给它吃海带了吗？它的饭盆呢？”

“啊！那些都吃完了。”

荷娜翻起了白眼。

“难不成它连饭盆都吃掉了？”

再怎么能吃也不会吃饭盆吧。小知连忙装模作样地找起了饭盆。

“它饭盆在哪儿来着？肯定是小粉把它藏起来了。”

“小知你是不是有什么事瞒着我？”

小知摇了摇头。

“行，那我出去找找。你呢？”

“我去打印寻猪启事。”

荷娜自己出门了。她走到小区门口出门往右拐，右边路上有一家小粉喜欢的面包店。荷娜走进面包店，问道："您好，请问昨天小粉来过店里吗？"

"没有，它没进来。不过我看到它从门口经过，小粉本来就很显眼，所以我记得。"面包店店主阿姨说着笑了起来。荷娜也哈哈笑着走出了面包店，继续往前走。前面就是宠物医院了。

荷娜犹豫了一下，走进了宠物医院。"您好，请问小粉来过这儿吗？"

"没有，小粉预约了明天过来。你看，这儿写着呢，明天十点小粉会和小粉粉一起过来，你是不是记错了？"

荷娜默默地走出了医院。

预约的是明天十点和小粉粉一起过来，那小粉肯定在吴雅仁家。要想找到小粉只能去吴雅仁家找。

"吴雅仁阿姨是谁呢？她是小粉粉的妈妈，以前是电影演员。不过她也不是小粉粉的亲妈啊，基因也完全不一样。小粉粉是猪，可她是人。她的基因跟我的非常一致，但是她跟我什么关系都没有。"荷娜脑海里一直有着不同的声音在对话。

荷娜不知不觉就摁了门铃，这时脑海里的对话还在继续。荷娜有些恍惚，都不记得自己在哪儿了。

“您好，请问您是？”

荷娜没有回话。不过门马上就开了，眼前出现了一个院子，地上是绿油油的草坪，草坪上还有一座石桥。荷娜外婆家也有这种石桥。荷娜记得小时候因为太好奇了，所以还问过外公外婆。

“外公，外婆，下面是草坪又没有水，为什么要架座桥啊？”

听到这个问题，外公外婆笑得前仰后合，好像她讲了个世界上最好笑的笑话一样。

荷娜沉浸在回忆里，她走过石桥，这时有个人朝她小跑过来。

“哎呀！荷娜，你来啦，我想死你啦。”

吴雅仁抓住了荷娜的手，她的手心软软的，可指尖上的美甲却让荷娜觉得瘆得慌。

荷娜慢慢松开了吴雅仁的手，语气生硬地说：“小粉在这里吗？”

“嗯。啊，没有。哎哟，小知让我不要告诉别人，不过跟你说应该没关系吧？先进去再说。”

荷娜跟在吴雅仁身后进了屋。上次来的时候只觉得心里很害怕，没注意到房子里的环境。这次进去一看，发现房子里装修豪华，特别整洁。比自喻为“整理女王”的荷娜妈妈整理得还要干净整洁。

“要是房子能再大点就好了，那就可以收拾得更干净利落了。客厅和阳台还各差一个收纳柜。”

荷娜想起了妈妈的抱怨。要是我家也能这么宽敞的话，妈妈就能把它打理得更井井有条了。

这时，小粉一下子跑过来，扑到荷娜腿上。

“抱歉。”吴雅仁说道。

荷娜看了一眼吴雅仁，她鼻尖的痣和自己的一模一样。荷娜一直很不喜欢那颗痣，不过这颗痣放到吴雅仁脸上还挺好看的，能让她的脸看起来更匀称。

“我当时只想要帮好朋友的忙。我只想，她要是能生下一个漂亮的小宝宝一定会很幸福，没有考虑到以后你知道真相后心里会很难过。是我想得太单纯了，对不起。”

“没关系，我也没想过您。”

荷娜紧咬着嘴唇，她说这句话并没有什么不好的想法，只是想说之前不知道有吴雅仁这个存在，自己想也没法想。

不过吴雅仁好像有些误会了，脸涨得微红。尽管如此，她还是温柔地跟荷娜说：“荷娜，你有什么需要我帮你的吗？我想帮你做点什么。”

“您告诉我为什么小粉会在这儿吧。”

吴雅仁没想到荷娜会问这个，她有些不知所措，不过还是实话告诉了荷娜。

“小知昨天突然带着小粉来找我，说把小粉放在我这儿寄养，还嘱咐我绝对不要告诉他爸爸。他还说他会过来接小粉回去。

“我觉得很奇怪。我看他眼睛红红的，好像来之前哭过。他一开始说很快就会来接它，后来又说可能得等一两年，要等他做完心脏移植手术之后才能来接它。我觉得有点怪怪的，不过我还是答应了，让他不要担心。因为他是你朋友，所以我想帮他。”

听完吴雅仁这番话，荷娜还是没弄明白为什么小粉要待在这儿。只能去找小知问清楚了。

“那我先走了，再见。”荷娜弯腰告别，转身要走。

这时，吴雅仁叫住了她：“荷娜。”

荷娜转过身跟吴雅仁说道：“谢谢您帮忙让妈妈怀上了我，如果不是这样的话，我也就不会成为我妈妈的女儿了。”

“嗯，也谢谢你。你以后要是想来，可以随时过来找我。”

荷娜再次弯腰跟吴雅仁告别，走出了她家大门。接着她径直往小知家走去。小知开着电脑，呆呆地坐在电脑前。

“你不去打印传单吗？你不想找回小粉吗？你难道一点儿都不担心它吗？”

小知避开了荷娜的视线，转头盯着电脑。

“确实你也不用担心它，因为它现在在比你家还宽敞的地方过得舒舒服服的呢。可能这会儿忙着和小粉粉一起玩儿，早就把你忘得一干二净了。”

“你……你怎么知道的？”小知瞪大眼睛看着荷娜。

“我可是脑子很灵光的。你是不是觉得我脑子笨看不起我？那只是因为我长得太漂亮了，外表的光芒盖住了我的聪明才智，我可不笨。你老实说，为什么要把小粉藏在她家？”

看来吴雅仁这三个字，对荷娜来说还是个坎儿。

“别告诉我爸。”

“他很快就会猜到的，你爸可比我聪明多了。”

“能撑一会儿是一会儿。再等几年就会有生物打印心脏或人工心脏了。”

“嗯？什么意思？我没听懂。”

“等到那时候我就可以不用移植小粉的心脏了。”

荷娜张着嘴，一脸疑惑。她还是没理解小知的意思。

“我爸爸饲养小粉的目的是给我提供心脏。把心脏移植给我后，小粉就没有心脏了，它就会死。所以我才把它藏起来的。”

天哪！荷娜发出了无声的呐喊。两个人一言不发地坐了很久。接着，荷娜默默往玄关走去。

“不过，你现在不做心脏移植手术也没关系吗？”

“嗯，做瓣膜手术就可以。瓣膜是用生物打印的方式打印出来的，不会危害到任何人。再过几年，随着生物工程技术越来越发达，心脏也可以打印出来了。”

“你确定吗？我虽然也喜欢小粉，可我更担心你，你可是我的朋友。”

“不用担心，听我的没错。小粉是我的弟弟，一定不能告诉我爸爸它在哪儿，算我求你了。”

小知露出了坚定的笑容。

荷娜轻轻关上门回家了。荷娜心里非常纠结，一边是小粉的性命，另一边是小知的性命，到底该怎么选呢？

那天晚上，小知爸爸很晚才回家，他是和小粉一起回来的。小粉一看到小知就猛地跑过来扑到他身上。

这才分开没几个小时呢，看来小粉是真的想小知了。

“荷娜很担心你。”

“不行，不要，我不要，爸爸！”

小知大哭大闹，爸爸紧紧抱住了小知。小粉不知道发生了什么，它用鼻子使劲拱啊拱，想挤到小知和爸爸中间。

“小知，你才这么小，我不想让你隔几年就做一次手术啊。你也理解一下爸爸，可以吗？”

爸爸的眼泪落在了小知胸口，小知用力捶着爸爸的胸口。

“我不要，爸爸。我们怎么能这样对待家人呢？虽然基因不一样，可我们还是一家人啊。只要相亲相爱就是一家人啊。”

几天后，小知做了心脏手术。麻醉药药效过了后，小知醒了。他摸了摸左侧胸口，心脏还在扑通扑通有力地跳动着。

“爸爸，谢谢你。”

“我们可是一家人，什么谢不谢的。”

接着，爸爸悄悄地跟他说：“谢谢你守护了咱们一家人。”

小知这次做的又是瓣膜手术，用新的瓣膜替换破损的瓣膜。小知决定等过几年生物工程技术变得更发达的时候，再去移植能给予他力量的新心脏。出院后，

小知就回家去找小粉了。

小知身体恢复后，经常和小粉一起去开开心心地散步。荷娜偶尔也会带上胡椒味爆米花和他们一起散步。

“小知，你看新闻了吗？听说明年就有生物打印心脏了。你一定要健健康康的，听到了吗？”荷娜说道。

“嗷嗷。”小知和小粉一起回答道。

阳光宠物医院
面包
嗷嗷
嗷嗷

生命伦理与生物工程学家

为什么需要生命伦理？

生物工程技术是一把双刃剑，由于其有利也有弊，因此经常引发争议。

我们可以用转基因玉米生产生物燃料，减少二氧化碳的排放，起到保护环境的作用。可全世界还有很多人正在饱受饥饿之苦，用粮食来制造燃料真的是一种正确的选择吗？转基因玉米会不会破坏生态平衡？

我们再来看，通过基因检测生下一个没有遗传疾病的健康小孩这个技术到底好不好呢？对于患有先天性疾病的人群来说，这是他们的希望。可从另一种角度来看，一个胎儿都已经成形了，就因为他基因有问题我们就要抛弃他吗？故事中我们还可以只挑选出能让人长得漂亮、头脑聪明的基因，打造定制婴儿。如果这样的话，那世界上会有很多人因为基因受到歧视。

没有人知道，如果生物工程技术被恶意使用的话会产生什么后果，最坏的情况是有可能对自然和生命造成威胁。因此，对于生物工程学家来说，伦理意识是非常重要的。

怎样才能成为一个生物工程学家？

生物工程学家需要对自然和生命保持着一颗好奇心，同时需要尊重生命、热爱自然。如果你想成为一名生物工程学家，想提前学习相关知识的话，可以先从生物学开始学习，深入了解生命体及其特征，对以后的学习一定会有帮助的。

如果你想成为一名生物工程学家，大学的时候就要选择与生物工程相关的专业，还要继续攻读研究生。目前，大学里与生物工程相关的专业主要有生物学、生物工程、生物化学、生命科学、微生物学、应用生物学、分子生物学、动物生物学、遗传学、生态学、食品生物学等。

你可能会想问，如果大学选了生物工程专业，将来主要会做些什么工作呢？你有可能会进入生物工程研究所，也有可能进入其他各色各样的公司和机构工作，如生物工程技术公司、制药公司、食品公司、化妆品公司、医学研究所、环境研究所等。你也可以成立一个与生物工程技术相关的创业公司。未来，生物工程领域也会产生很多新职业，因为带领 21 世纪走向更好未来的代表性科学技术就是生物工程技术。

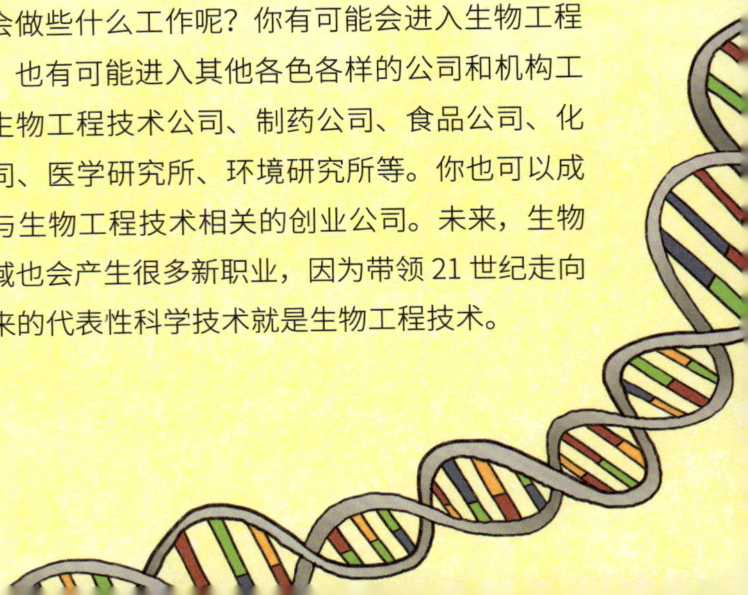

图书在版编目（CIP）数据

粉红小猪的神秘基因 /（韩）郑在恩著；（韩）尹有悧绘；罗婷译 . -- 北京：中信出版社，2023.6
（“小学生前沿科学奇遇记”系列）
ISBN 978-7-5217-3714-1

Ⅰ . ①粉… Ⅱ . ①郑… ②尹… ③罗… Ⅲ . ①长篇小说－韩国－现代 Ⅳ . ① I312.645

中国版本图书馆 CIP 数据核字（2021）第 253797 号

粉红小猪的神秘基因
（“小学生前沿科学奇遇记”系列）

著　　者：[韩] 郑在恩
绘　　者：[韩] 尹有悧
译　　者：罗婷
出版发行：中信出版集团股份有限公司
（北京市朝阳区东三环北路27号嘉铭中心　邮编　100020）
承 印 者：宝蕾元仁浩（天津）印刷有限公司

开　　本：880mm × 1230mm　1/32　　印　　张：4.5　　字　　数：80千字
版　　次：2023年6月第1版　　印　　次：2023年6月第1次印刷
京权图字：01－2021－5708
书　　号：ISBN 978－7－5217－3714－1
定　　价：19.80元

出　　品：中信儿童书店
图书策划：将将书坊　　策划编辑：张慧芳　高思宇　　责任编辑：谢媛媛
营销编辑：杜芳　　封面设计：周宴冰

服务热线：400-600-8099
投稿邮箱：author@citicpub.com